全民微阅读系列

倒长的树

张玉兰　著

江西高校出版社

图书在版编目(CIP)数据

倒长的树/张玉兰著. —南昌:江西高校出版社,2017.9(2020.2 重印)

(全民微阅读系列)

ISBN 978-7-5493-5768-0

Ⅰ.①倒… Ⅱ.①张… Ⅲ.①小小说—小说集—中国—当代 Ⅳ.①I247.82

中国版本图书馆 CIP 数据核字(2017)第 215531 号

出版发行	江西高校出版社
社　　址	江西省南昌市洪都北大道 96 号
总编室电话	(0791)88504319
销售电话	(0791)88592590
网　　址	www.juacp.com
印　　刷	永清县畔盛亚胶印有限公司
经　　销	全国新华书店
开　　本	700mm×1000mm　1/16
印　　张	14
字　　数	180 千字
版　　次	2017 年 10 月第 1 版 2020 年 2 月第 2 次印刷
书　　号	ISBN 978-7-5493-5768-0
定　　价	36.00 元

赣版权登字-07-2017-1036

目录 CONTENTS

陪着母亲坐火车 /001

格桑梅朵 /003

贵妃醉酒 /006

播种阳光的老人 /009

书痴 /012

倒长的树 /015

乡间别墅 /018

在那遥远的小山村 /020

花开富贵 /023

守井的女人 /026

土茶飘香 /028

那时花开 /031

树上有朵花 /034

戒尺 /036

大嫂的借条 /039

狗情人 /042

奶奶的爱情 /044

最后一只鸭 /047

高处不胜寒 /050

梨花深处的炊烟 /053

我在金山湖等你 /056

活得像个人 /058

五分钟的幸福　/060

古镇旧事　/062

又见梨花开　/064

滴水观音　/067

星星的邻居　/070

盲人画师　/072

我爱过　/075

做仓央嘉措的小情人　/078

扶桑泪　/080

七夕之夜　/083

母亲的心　/086

拯救　/089

陨落　/092

小武　/094

寻找爸爸的鱼儿　/097

坚守　/100

生命的缺口　/102

乡村守望者　/105

白云深处　/108

浪漫在远方　/111

风信子之舞　/114

一个人的古镇　/117

归宿　/119
幸福的紫水晶　/122
不灭的酥油灯　/125
糊涂的母爱　/128
手机里的秘密　/131
飞翔的鸭子　/133
盗猎者　/134
无花果　/137
跳跃的村庄　/140
停电一小时　/143
阴影背后是阳光　/145
山杠爷　/148
心中的盛宴　/150
树上的眼睛　/153
为了母亲的微笑　/156
鱼玄机　/159
秋阳　/161
义举　/164
城里有妖怪　/166
二憨的爱情　/169
断翅的天鹅　/172
守不住的荣耀　/174

再救你一次　/177

永远的康乃馨　/180

古镇雨纷飞　/183

雪的下面是春天　/185

继父　/188

雪山魂　/190

冬日暖阳　/193

盗亦有道　/195

慰问　/198

千年胡杨　/200

二叔的故事　/203

闲人柳大山　/206

老魏的梦　/208

蜕变　/211

老林和他的修鞋摊　/213

田野上的梦　/216

陪着母亲坐火车

陆总的母亲想回乡下老家过年,他让秘书去买两张飞机票,可母亲却说这辈子从没坐过火车,想坐一次火车。

正逢春运,秘书费了好大的劲,才买来两张硬座票。陆总担心母亲的身体吃不消,劝母亲还是乘飞机回去,可母亲执意要陆总陪她一起坐火车。一向孝顺的陆总只得依了母亲。

陆总扶着母亲来到火车站,广场上黑压压的人群,让他有些茫然,他不知道该往哪边走。正不知所措的时候,一个中年男子操着家乡话,一边喊让开,让开!一边使劲儿地往前挤。

母亲对陆总笑着说,跟上他,错不了,一听那口音,就知道是咱家乡人。

娘俩跟着中年男人很快找到了要乘坐的那趟火车,很巧的是,那人正好坐在他们的对面。

车厢里闹哄哄的,充斥着各种难闻的味道。陆总觉得憋闷,站起来想去透透气,可过道里站满了人,挪个步都很困难,更别说要挤出去了。

中年男子看出陆总的不适,就说,兄弟,没坐过火车吧,要是感觉不舒服,就多看看窗外的风景吧。

陆总点点头,只得把注意力集中在了窗外。他一边欣赏着窗外的风景,一边听母亲和那个中年男子拉家常。从他们的交谈中,陆总知道那个中年男子也是回家过年的,为了省路费,妻子没

回去，就自己一个人回家看看父母。

母亲说，是该回去看看，一年到头，家里的老人就盼着过年的时候，能见一见自己的孩子。

谁说不是呢？我们出去打工挣钱，为的也是让父母孩子生活得好一些，可是……男人的话还没说完，一阵卖盒饭的叫卖声由远而近。

陆总买了两份盒饭，他问中年男人，你要不要来一份？

男人摇摇头说，不了，我不饿！

吃过饭，天也渐渐地暗下来了，陆总有了些困意，靠在母亲的肩头沉沉地睡去。不知道过了多久，他听到一阵窸窸窣窣的声音，蒙眬中，他看到一只手伸进了母亲放在桌上的零食口袋。

他正想制止，佯装睡觉的母亲轻轻地碰了他一下，示意他别出声，他知道了母亲的用意，也就微闭了双眼。

那个男人似乎饿急了，又怕惊醒了他们，悄悄地拿起面包，将头埋在桌下，狼吞虎咽地吃起来。男人很快吃完面包，抬起头，看所有的人都在睡觉，并没有注意到他的举动，也就安心地闭上了眼睛。

一大早，陆总就听到那个中年男人对母亲说，大婶，对不起，昨晚实在太饿了，我偷吃了你的面包！

母亲说，吃就吃了吧，看你一天一夜都没吃东西，肯定饿坏了，出门在外不容易，可别亏了自己啊。

男人长叹一声，说，大婶，我也不瞒你。这次回家，连路费都是借的，也没多余的钱买吃的了。辛辛苦苦干了一年，临到放假，老板却没了踪影，一分钱都没拿到。俗话说“儿行千里母担忧”，要是过年都不回去，家中父母又得担心一年了，作为子女那就太不孝了，所以再没钱也得赶回去。

男人的话引来车厢里很多人的共鸣,大家纷纷谴责那些无良的老板,都说回一趟家,这么辛苦是为了什么?还不是回家尽尽孝,看看自己的爹娘啊!

列车快到站了,那个中年男人的手机响了起来。他接起电话说,爸妈,我快下车了,你们放心吧,我一路好得很,有吃有喝的。我买的是卧铺票,休息得好,累不着,你们别担心……

男人的话令陆总的双眼涩涩的,下车的时候,他掏出500元钱递给中年男人,说,大哥,拿去给父母买点东西吧。

男人一再推辞不要,陆总的母亲说,拿着吧,你这样空着手回去,会让父母担心的。你不想让他们知道你过得不好吧。

男人千恩万谢地拿着钱走了。陆总掏出手机给公司打电话,他说,你们赶快把拖欠那些工人的工钱全部结清了吧。另外要回家过年的,再给500元红包,让他们拿回家孝敬父母。

母亲在一旁听着儿子的电话,欣慰地笑了。她知道,这趟火车没有白坐,自己的良苦用心,终于让儿子找回了诚信和良知。

格桑梅朵

来到川藏线上这个道班的时候,正是一个凛冽的冬天,风像长了牙齿,龇牙咧嘴地向我扑来。连绵的雪山矗立在眼前,一眼望去,一片纯白。

父亲在这条线上修了一辈子路,最后不得不带着一身的高原病回到家乡。临走时,也不忘将我作为他的接班人。那时,我刚从卫校毕业,本有大好的前途。可军人出身的父亲,却板着一张脸,无比严肃认真地告诉我,你必须得去,那儿需要你这样懂医的人。

我知道有这样的父亲,一切辩解都是徒劳的。在母亲的哭哭啼啼中,我没有掉一滴泪,把对父亲的怨恨装进行李,毅然走进了这个雪山脚下的道班。

这里并没有想象中的荒凉,每年春夏时节,被大雪封了一个冬天的公路就格外地热闹。纤细娇艳的格桑花蓬蓬勃勃地一路开到雪山之巅;连绵不断的进藏汽车排起长龙,在蜿蜒而上的盘山公路上蠕动;骑行爱好者们一路欢歌,摇着清脆的铃铛,从我们面前疾驰而过;还有那些藏族老乡赶着自家的牛羊,从从容容地跨过公路,辗转到别的草场……

公路上最热闹的时候,也是我们这些道班工人最繁忙的时候。这段 28 公里长的川藏线是属于我们道班管辖的,为了能保证这条路畅通,李大姐他们天不见亮就得起来去清理路面,然后再回来吃早饭。

通常这个时候,我都还在睡懒觉,她们知道我憋屈,也不叫我,由着我的性子来。我一直认为自己是不属于这里的,迟早有一天我会离开这里,因此我也放任着自己,我要让我的父亲知道,是他毁了我的一生。

直到有一天,一阵慌乱的脚步声将我从睡梦中惊醒,接着是李大姐的呼喊,幺妹儿,快起来,要出人命了。我一骨碌从床上坐起来,只见几个藏族老乡抬进来一个老阿妈,她呼吸急促,脸色乌青。我被这慌乱的场面吓住了,一时不知道该怎么办。老阿妈的呻吟瞬间战胜了我的犹豫,我从床下拿出急救箱,给老阿妈吸上氧,打针、拿药、倒水,喂药,一连串的动作再自然不过了。

不一会儿,老阿妈终于缓过气来,她“扑通”一声跪在我的面前,不停地说着我听不懂的话,吓得我直往李大姐的身后躲。

一个月后的一天下午,我百无聊赖地坐在道班的屋顶上看远处盛开的格桑花,一个部队的车队从道班门口浩浩荡荡驶过。这时,一辆军车靠边停了下来,从车上跳下一个年轻的士兵,对正在修路的李大姐他们比画着什么。

忽然李大姐抬起头,朝我大喊,我不知道发生了什么事,从房顶上跳下来问:“喊我干什么?”

那个士兵递给我一个栽有格桑花的罐头盒说:“谢谢你救了我阿妈,这是生长在五千米雪山上的格桑梅朵,送给你。”还没等我反应过来,他就跑掉了。

我只知道这花叫格桑花,却不知道它还有一个名字格桑梅朵,好有诗意的名字。我把那株格桑花放在窗台上,问李大姐:“格桑梅朵是什么意思?”

李大姐说:“格桑是幸福的意思,梅朵是花的意思,你那株花在藏族人眼里就是吉祥幸福的花。”

以后的日子,那个藏族士兵每次进藏都要为我带回一个栽有格桑梅朵的罐头盒。渐渐地,娇艳的格桑花开满了我的窗台,在花香里,所有的烦恼抑郁全都逃遁而去。

终有一天,为我送格桑梅朵的不再是那个满脸高原红的藏族小兵,而是他的战友。我问他的战友,那个小兵哪儿去了?战友先是支支吾吾,最后才说,他牺牲了。

战友红了双眼,哽咽道:“就是这次进藏,突遇暴风雪,道路塌方,嘎旺他们的车翻下了悬崖……”

我不知道那个战友是何时离开的,我的头脑中一片空白。

李大姐安慰我说:“别伤心,在这几千里的川藏线上这样的事已是家常便饭，你爸爸曾说过，我们守路的人一定要守好这条路，才能让行路的人更加安全，让千千万万的家庭幸福美满。”

整整齐齐摆在窗台上的格桑梅朵，在暖暖的阳光下，绽放着。似乎在告诉我，父亲和这些道班工人是在用生命浇灌着更多人的格桑梅朵。

贵妃醉酒

如果没有那一场演出，这本该是一个幸福的三口之家。

女人是县剧团的演员，因一曲“贵妃醉酒”，大家送她一个“贵妃”的雅号。这些年，因为剧团不景气，演出任务少，女人已经很久没有登台了。

那一天，女人接到了剧团的演出任务，这让视舞台如生命的她欣喜若狂。为了能唱好这出戏，女人在家里整整排练了一个下午。

男人回来的时候，女人已经化好了妆，换上了戏服，正等着他。男人见女人已经打扮好了，就打趣地说：“这贵妃也太心急了嘛，离演出还有两个钟头呢！”女人不依，让男人现在就送她去剧院。

男人将女人送到剧院门口，对她说：“你自己进去吧，我先去接孩子，晚点来接你。”

那一晚，女人的一曲“贵妃醉酒”，赢得观众热力追捧，一次次地谢幕，又一次次地返场演出，观众还是意犹未尽。

已是深夜,演出不得不结束。女人来不及换下戏服,就匆匆地走出剧院,一出来,她就看见男人在马路对面向她招手。女人很想尽快与男人分享今晚演出成功的喜悦,于是,她迫不及待地向男人飞奔过去。同时,一辆黑色越野车也向女人飞奔而来。

男人被这突然的变故吓呆了,除了一团五彩的戏服在他的眼前晃动,头脑中竟是一片空白。

女人走后,男人就喜欢上了喝酒。每次喝醉了,男人就会咿咿呀呀地唱"贵妃醉酒",然后,拿了车钥匙,摇摇晃晃地去开车。

10 岁的女儿拦住他哭喊:"爸爸,你喝醉了,不能开车!"

男人打着酒嗝说:"乖!我去接你的妈妈回家!"

女孩哭了:"爸爸,你醒醒吧!妈妈死了,妈妈已经不在了。"

男人瞬间变了脸,吼道:"别胡说!你妈妈今晚有演出,她让我去接她。"

男人开了车,风驰电掣般地消失在茫茫夜色中。女孩看着车尾升腾的烟雾,在昏黄的路灯下,渐渐地飘散,她感到很害怕,但她对爸爸酒后失去理智的行为无能为力。

女孩阻止不了爸爸醉酒开车,但她知道爸爸去了哪里。每次,女孩都会在空荡荡的剧院门口,找到不省人事的爸爸。女孩弄不动爸爸,但她怕爸爸夜里着凉,只得央求守门的人同她一起将爸爸弄到车里,然后陪着爸爸,直到迎来清晨的第一缕曙光。

醒来的男人早已记不起昨晚发生的一切,他问女孩:"我们怎么会在这里呢?"

女孩则说:"昨晚你带我来看戏,但我们都太累了,所以就在车里睡着了。"显然男人不相信女孩说的话,因为剧院已经很久没有演出过了,但他又实在想不明白是怎么一回事。

回到家里,女孩藏了爸爸的酒瓶,可是过不了几天,爸爸又会

从外面带一些酒回来，一个人喝闷酒。

这天晚上，男人又喝醉了。喝醉了酒的男人开着车冲出了小区的大门，疾驰在空旷的大街上。夜风微凉，男人的意识有些模糊，但他握着方向盘，两眼直直地盯着前方，昏黄的街灯连同一排排的樟树飞快地向后移动。

忽然，男人一个激灵，本能地踩住了刹车。在他的前方，一个身着戏服的女人正在向他招手。男人以为是酒后出现的幻觉，使劲地揉揉眼，定睛细看，确实是一个人，而且穿的戏装都跟妻子那身“贵妃醉酒”的衣服一模一样。那人还在一边比画一边唱，举手投足间，像极了死去的妻子。

经过刚才的那一吓，男人彻底地清醒了，他使劲地闭了闭眼睛，再细看，原来前面的那个人正是自己的女儿。女儿长得太像她妈妈了，再加上这一身戏服，简直就像是同一个人。

男人为自己刚才的醉酒驾车感到阵阵后怕。他打开车门，向女儿跑去，一把将女儿紧紧地搂在怀中，一个劲地说：“多危险啊，这多危险啊！”

女孩仰起头，说：“爸爸，我也是你的贵妃，我也会唱‘贵妃醉酒’，妈妈走了还有我呢！”

男人更紧地搂着女儿，一行清泪，无声地滴落在女儿冰冷的戏服上。

播种阳光的老人

奶奶去世后，爷爷一个人住在乡下，照管着荒凉破落的老屋。父亲每月按时往爷爷的存折上打赡养费，这边存，那边取，两相无事。直到有一天，爷爷突然出现在我家，父亲才猛然惊觉，爷俩已经整整两年没见过面了。

那天早上，爷爷一身雪白地站在门口，母亲睡眼惺忪地打开门，惊叫：爹呀，你这是唱的哪一出戏啊!?

母亲说的是爷爷那身白色套衫，白大绸料子，轻轻一动，飘飘欲仙。猛一团白，着实把母亲吓了一跳。在母亲的眼里，爷爷一直就是个邋里邋遢的乡下老头，如今穿得这样另类，衣袂飘飘地出现在母亲面前，难怪她要大惊小怪。

爷爷甩了甩宽大的衣袖，说，这是你刘姨给做的，一块早年的布料，你姨说丢了怪可惜，就给我做了这身衣裤。

父亲将额头拧成几道沟壑，也想不起是哪个刘姨会给老爷子做衣裤。

母亲看了看父亲，就问爷爷，爹，刘姨是哪个啊?

爷爷愣了一下，忙岔开话题，说自己闲来无事，进城看看!

母亲不相信爷爷只是来看看的，一大早从乡下倒了几趟车跑省城来，一定还有什么事!

果然，爷爷的屁股还没坐热，就不停地抱怨现在的物价高得离谱，一天一个样，一百块钱做不了什么，现在只有自己保养好，

医院是进不起了。言下之意就是父亲给的那点生活费已经不够日常开支,得加点!

最终达成一致协议,每月的赡养费增加一百。母亲在旁边阴阳怪气地说,一个人的钱两个人用,当然是不够的啦,爹呀,养你是天经地义的事,养别人我就不乐意了哈。婆婆都还没享过我的福呢!

父亲瞪了母亲一眼,让她少开腔。

爷爷在我家小住了几日,就执意要走,临走时,还偷偷地向父亲要了几百块钱,说是有急用。

爷爷走后,母亲就不干了,责怪父亲不该任由爷爷在乡下胡来,现在给你找个继母回来,赡养费不够了,问你要。以后的生老病死,你不得两个都管啊!咱家也是靠工资吃饭,哪有多余的钱再养一个老人啊!

父亲说,你别不知足,不就一百块钱吗?咱们忙,没时间照看他,现在有人帮着照顾,你还有怨言啊?你没见爹这次来精神面貌和以前大不一样了。他愿意把一个人的钱拿来两个人花,那是他的事!

爷爷走后,一直没再来过我家。偶尔他会打电话问父亲知不知道,现在国家立法了,说子女必须定期回家看望老人。他还劝父亲不要把这事放在心上,回来一趟花钱不说,还要影响工作。这样的电话多打几次,父亲也猜到了爷爷的心思,就想等我放暑假后,带着全家抽空回去一趟。

还没等到放暑假,就传来了爷爷病重的消息。我们一家风尘仆仆地赶回老家,老家的院子被收拾得干干净净,院墙上写着"空巢老人之家"几个大字,一看就知道出自爷爷之手,他曾自诩过自己的毛笔字是全村第一。院子里坐满了老人,打牌的打牌,喝茶的喝茶，爷爷躺在旁边的椅子上，微笑着看大家玩。

一位大爷将父亲拉进屋，说爷爷得了肝癌，日子不多了，大家之所以还能这么开心地玩，是不想让老爷子担心他走了之后，这个巢就真的空了。正说着，母亲骂骂咧咧地进来对父亲说，我就说嘛，这半路夫妻就是靠不住，现在人病了，连个影儿都没了。

大爷拉住母亲，问，什么半路夫妻啊？

母亲没好气地说，我那继母啊！每个月赡养费没少给，现在说走就走了，啥意思？

大爷哈哈地大笑，你们哪儿来的继母啊，我们天天在一起，就没见过你们的继母。老爷子拿出钱办了这个“空巢老人之家”，大家聚在一起开心快乐，彼此间就有了照应。去年我老伴还给我们哥俩一人做了一套白大褂，老爷子穿着到处显摆，神气得很哪！

父亲若有所思地说，原来老爷子是拿钱在这儿种了一片阳光啊！

几天后，爷爷终于油尽灯枯。走时，爷爷很安详，望着院里的那棵枝叶婆娑的黄果树，爷爷只说了一句：“很多时候，一个人还活不过一棵树。”这话很深奥，我也是多年以后才明白过来的。

爷爷走后，父亲依然会每月按时往爷爷的存折上打钱，只不过那不是赡养费了，是“空巢老人之家”的活动费。

书　痴

书痴无书,书痴的书全在他的脑子里。

书痴袭一身青布长衫,站在斗拱飞檐的古牌楼前,看着脚下的青石板,一路很规则地向前铺展开去,心中叹道:到底是古镇,全没有繁华都市的俗气。

对于书痴的归来,古镇人虽有一千个问号,但书痴不说,大伙儿也不问,这是古镇人的习惯。古镇人只知道,书痴不惜放弃北京高等学府的教授不当,回到这穷乡僻壤,定有他的隐衷。既然这位昔日的才子,在外过得不顺,还能想着回到这里,他就该是咱古镇的人。

古镇人一向敬重读书人,看书痴家里已没人了,就想着法子来安置他。大伙儿收拾出一间宽敞的屋子,唤来书痴,说,先生,这儿虽比不了你在北京的宽宅大院,但清净,适合你在这儿做学问。

书痴推开窗,望了望,连声说,不妥!不妥!身在尘世中,心卧浮云外,我还是另寻他处吧。

书痴看上了古镇东面一座废弃的寺庙。只是年代久远,庙里的殿宇早已坍塌,墙皮也已脱落,整个寺庙看上去破败不堪。但那是古镇最清净、最美丽的地方,飞着翘檐的庙宇掩映在浓绿的树丛中,一条小溪绕着它,蜿蜒而过。

大伙儿帮着书痴简单修葺了一番,书痴就住进去了。平日里，书痴除了在庙门外的空地里种点蔬菜，供自己一日三餐之外，大部分的时间，书痴都坐在小溪边的岩石上，将脑子里储藏的中国上下五千年的国学经典，一字不漏地诉与山石明月听。偶有人听见，不觉感叹，这个书痴，果然了得，手中无书，却胜似有书。

书痴的名号，就传扬了开去。有镇中一顽童，不喜好读书，终日干些偷鸡摸狗、打架斗殴的事，把个古镇闹得乌烟瘴气。其父将他带到书痴面前，说书痴能教得了城里的大学生，教一个区区小孩应该没问题，央求书痴帮他好生管教一下这个不听话的儿子。

书痴看这孩子，黑瘦的小脸，脏兮兮的。浓黑的眉毛下，闪着一双大眼睛，乌黑的眼珠挺神气地转来转去，透着一股机灵。书痴拉过孩子，呵呵地笑，说，人之初，性本善，这孩子是可教之才啊！

书痴留下了孩童，也不教他学什么东西，只让他每天跟着自己到溪边的岩石上，听自己说书。起先，孩童还能一本正经地端坐着，听书痴说“三纲五常”“四书五经”等。日子久了，孩童就有些烦了，老想着法子逃走。书痴自有一套惩戒孩童的方法，先摆上香案，香案上放孔夫子的塑像，然后命孩童跪在香案前。自己则泡上一壶清茶，一边喝茶，一边说书。把一部《三字经》翻来覆去，一句不漏地说与孩童听，直说得孩童头昏脑胀，认罪认罚为止。

久而久之，耳濡目染之下，孩童也喜欢上了这些国学经典，也能将《三字经》《诗经》等背得滚瓜烂熟，性情也乖巧了许多。

古镇人见一个顽童也变得懂礼貌、爱学习了，纷纷将自家的孩子送到书痴这里来。书痴乐了，连声说，难得啊，难得！这么小的娃娃也喜欢国学，看来咱老祖宗的东西还是有用的。于是，书痴便在寺庙里义务办起了“国学堂”，教孩子读“四书五经”，学“孔孟之道”。从此，每到周末，寺庙里全是摇头晃脑的娃娃们朗朗的读书声。

忽一日，古镇来了两个年轻人。两人循着读书声，一路来到了寺庙门口，探头往里张望，这一看，不禁大吃一惊，这青布长衫的老者，分明就是赫赫有名的国学大师。难怪许多人都找不到他，原来是躲到这里来了。年轻人缠着书痴说，老先生，回去吧，国学需要传承，还要靠你呢！书痴摆摆手，说，不回！你们这些人，明里是传承，暗里招生敛财，老祖宗的东西就是被你们沾上了铜臭味的！

古镇人知道了书痴的名望，就有人张罗开了，凭古镇得天独厚的条件，再加之有了书痴这块活招牌，“国学之乡”的名号，得吸引多少游客啊！

不久，古镇全力打造的“国学之乡”，吸引了成千上万的国学爱好者。他们踏平了书痴的菜园，挤破了寺庙的门槛，就是想一睹书痴无书胜有书的风采。

终有一天，人们再也找不见书痴，只在庙里的墙壁上发现一行字“天下熙熙皆为利来，天下攘攘皆为利往，红尘俗世，何以为安？”

人们把眼睛从这些瘦削飘逸的字上收回，再放眼看去，古镇一片繁华，众人皆叹：到底是个书痴！

倒长的树

梨花溪又多了一道风景。小强一直吵着要去看看倒长的梨树是怎样开花的。可父亲说他学习任务那么重,等周末上完课,开车带他去。

父子俩来到梨花溪的时候,天已近黄昏。白天还喧嚣的梨树林,此时静得只听得见片片梨花飘落的声音。

“笑一下,哎呀！笑得自然一点嘛。”在梨花丛中,父亲给小强拍照,可小强笑得很勉强,甚至还带有几分苦相,“小小年纪,怎么就不会笑了呢！小孩子哪有那么多的烦心事啊！”父亲很不满意,试了几次,终于放弃。

父子俩来到陈七公的院子外,见院墙上有一张海报,上写:“你见过倒长的树吗？你想看倒长的梨树开花吗？想看请进院参观,每人10元。”

“就是这儿了！”小强指着院墙上的海报对父亲说。

小强推开虚掩的院门,伸进一个脑袋,见一个老爷爷坐在小方桌前,埋头数着桌上的钱。小强怯怯地说:“老爷爷,我可以进来看这些倒长的树吗？”

陈七公摆摆手说:“天都快黑了,明天再来看吧。”

父亲又伸进一个脑袋,说:“老爷爷,你就让我们进去看看吧。我儿子今天上完课,来晚了,明天还要上课,没时间啊！”

陈七公有些狐疑:“哪个学校星期六、星期天都还要上课啊?”

父亲说:“我儿子周一到周五学校上课,周六上午钢琴,下午美术,周日上午英语,下午奥数,你说哪还有时间来赏花啊。”

陈七公爱怜地看看那个小脑袋,说:“进来吧,现在的孩子活得也辛苦。”

父亲忙点头说:“就是,就是,哪个都不希望孩子输在起跑线上,谢谢了。”

陈七公打开院里的大灯,父子俩一下就被眼前的景致惊呆了。几棵梨树并排在院子里,每棵梨树的枝丫向下生长并聚拢,就像一个巨大的花球,在灯光的照耀下,竟有些晶莹剔透。

“这是假的吧。”小强凑到跟前,伸手去摸那些盛开的花朵,冰凉冰凉的。“是真的!”小强惊叹于这巧夺天工的技艺。他问陈七公:“爷爷,你是怎么做到的呢?”

陈七公将钱放在小盒子里,说:“你仔细看看就知道了。”

小强弯下腰,透过花朵的缝隙,他看到那些垂下的枝条都绑在弯曲的竹片上,竹片的一端插进泥土里,枝条就顺着竹片往下长了。枝条上长出的小枝条,就穿插在大枝条间,这样看上去就成了一个花球了。

小强看着这些缠缠绕绕的枝条,问陈七公:“爷爷,这些树枝这样绑着,它能结果吗?”

陈七公拍着面前的小铁盒说:“结不结果不重要,重要的是你看我每天的门票收入比卖果的收入多多了。”

父亲一边拍照,一边问:“你是怎么想到要这样弄呢?一棵树长成这样,得花很长的时间吧?”

陈七公说:“那是当然,把它们培育成这样,花了我好几年的时间呢。几年前,去‘花舞人间’,看那些杜鹃花被弄成各种各样的形状，我就想梨树可不可以这样弄呢？”

说着，陈七公就把小强带到了后院，指着两株小梨树说：“你看，这是我现在做的，等过几年，它们也能长成前院那几棵树那样。”

小强看着面前的这些小树细嫩的枝丫绑在竹片上，竟有些心疼，他问陈七公：“爷爷，这么小你就这样绑着它们，它们不会疼吗？”

陈七公说：“树也是有生命的，哪能不疼呢？过去的女人缠小脚，虽然钻心地疼，但还不是为了以后好看呐，再疼也得忍着。这些树得从小培养，就像你现在学习一样，你爸爸为了不让你输在起跑线上，让你去学这样学那样，虽然觉得苦，还不是为了你将来能有出息啊。”

小强委屈地说：“可我不想这样啊，看见别的小朋友玩，我真想和他们一起玩。爸爸说我不会笑了，可我真不知道该怎么笑了，我都好久没笑过了。”

陈七公叹了一口气，自言自语：“哎，现在的娃娃也造孽。”

回到前院，小强的父亲正举着相机对着面前的梨花一阵猛拍。小强已没了欣赏这些倒长的梨树的兴致，他催促着父亲赶紧回家。

回家的路上，小强靠在车上睡了。睡梦中，他梦见自己头朝下，脚朝上，身上长了六只手，一手拿课本、一手拿画笔，一手拿小提琴……自己成了倒长的人，被关进笼子里，父亲在一旁一边收钱一边吆喝着让人前来参观。

乡间别墅

伍思凯一连几个晚上都没睡好觉,确切地说是从母亲生病之后,他就没睡过一天安稳觉。母亲的病很严重,肺癌晚期,医生说最多只能活两个月。

作为一个局长,能够陪在母亲身边的日子太少了,这让伍思凯很内疚。母亲的一生很凄苦,父亲走得早,为供自己上学,母亲每天忙完地里的活,还要熬夜做鞋垫拿到集市上去卖,甚至还偷偷地去卖血给自己凑学费。因为劳累过度,在自己刚参加工作那年,母亲的眼睛就彻底失明了。

伍思凯发誓要干出个样子来,以报答母亲的养育之恩,让母亲过上衣食无忧的日子。短短十三年的时间,他就从科员干到了局长的位置,也把母亲从贵州的一个穷山沟接到了城里生活。

母亲自从来城里生活之后,就不断流露出想回贵州老家的念头。这个念头时强时弱,时隐时现,但每次伍思凯都以乡下已经没有亲人了,回去连落脚的地方都没有,拒绝了母亲的要求,并信誓旦旦地对母亲说,等有钱了,咱就回去把老屋拆了,建个小别墅,然后就把你送回去。

眼看着母亲的日子不多了,伍思凯决定带母亲回一趟老家,了却母亲多年的心愿。有了这个想法之后,伍思凯就对母亲说,妈,我在老家给你修了栋小别墅,漂亮得很,咱们回去住住吧。

母亲脸上堆满了笑意,真的吗?我真的可以回去了吗?随即母亲的脸又沉了下来，她问伍思凯，儿子，跟妈说实话，你哪来的钱修别墅，那可不是一个小数目啊！你可千万别仗着自己是局长，去收人家的钱啊！那可是犯法的事！要真是那样我宁肯死在这儿，也不会回去的！

妈，你就放心吧，这钱都是我自己的，干净得很！伍思凯一再保证，才打消了母亲的疑虑。

伍思凯扶着母亲走在故乡的小道上，空气中弥漫着野草的味道，这是乡间特有的味道。这熟悉的味道勾起了母亲的回忆，记忆的闸门一打开，母亲就闲不住了，不停地扯着伍思凯说这说那。母亲的记忆力显然很好，很多往事从母亲的嘴里一点点说出来，让伍思凯倍感亲切。

走过一段幽深的曲径小道，伍思凯指着一块草地说，妈，这是咱别墅门前的草坪，草坪旁边有棵新栽的黄桷兰树。走，过去摸摸看！伍思凯带着母亲来到树下，母亲摸索着黄桷兰树粗糙的树干说，真好！一到夏天，这黄桷兰的香味可以飘到很远的地方去。

伍思凯又带着母亲来到一栋房子前，对母亲说，妈，这就是咱们的乡间别墅。别墅掩映在一丛葱郁的树林中，左侧有个漂亮的花园，前面就是那块草坪。咱家的房子外墙贴着洁白的瓷砖，房顶是红色的琉璃瓦，这是红木做的木门，很气派！你摸摸看，上面还雕刻着花纹呢！

母亲的嘴角含笑，听伍思凯介绍着。他们推开门，走进屋里，母亲摸索着径直走到窗前，说，一进来我就感觉这儿亮堂，一定是窗户吧？真不错啊，要是晴天的话，在这儿放一把躺椅，我还可以坐在这窗前晒太阳呢！

伍思凯忙说，妈，坐一会儿吧！休息一下，我再带你熟悉一下别的地方。母亲不坐，继续在房间里摸索着。看着母亲高兴的样子，伍思凯不忍心对母亲说出这房子的真相，他不想让母亲带着失望离开这个世界，但他又不想欺瞒母亲。

晚饭的时候，伍思凯跪在母亲的面前，哽咽着说，妈，原谅儿子的不孝吧，关于这栋别墅，我不该欺瞒你。其实它根本就不是什么别墅，只是我雇人把咱们以前的老屋重新修葺了一下。

听了儿子的话，母亲却笑了，她说，儿子，这不怪你！从摸着那棵黄桷兰树起，我就知道你在骗我。你说那是新栽的树，可妈妈分明摸到树干上的划痕，那是你小时候量身高时做下的记号。走进房子，妈妈就感觉格外地亲切，虽然妈妈的眼睛看不见，住了几十年的老屋，再怎么变，总有我们生活过的气息，这是再豪华的别墅都没有的。妈妈一进来就感觉到了。

伍思凯理了理母亲额前的乱发，说，妈，儿子无能，不能让你住上宽敞明亮的大房子，只能用这种方式来欺骗你！

母亲摸着伍思凯的头说，孩子，做了这么多年的局长，你没让妈失望。要是你真给妈一栋漂亮的别墅，妈怎会走得安心呢？

在那遥远的小山村

那时候，年少的我生活在故乡的小山村。

一天夜里，一阵急促的敲门声将我们从睡梦中惊醒，奶奶打开门，看到一个满身雪花的中年汉子站在门口冻得直哆嗦。待奶奶看清来人是我们家的仇人之后，奶奶赶紧关门，那人却将整个身子抵在门上，哀求道：“大婶，求求你了，我媳妇快生了，求求你给我叫一下张大夫吧。”

张大夫是我幺叔，村里的赤脚医生。来人是村里的刘二，多年前因为放了我家水田里的水，与爷爷发生冲突，导致爷爷一病不起，不久之后就撒手人寰。虽然幺叔一再说爷爷是因为高血压受了刺激病倒的，但奶奶还是把这笔账算在了刘二的头上，很多年两家都不曾往来。

这下，刘二主动找上门来，奶奶顿时来了气，狠狠地将刘二数落了一番，并坚决不让幺叔去。幺叔将我拉到一边，让我带着他的小药箱从猪圈的窗口爬出去，然后在村口的黄果树下等他。

那一晚出奇地冷，北风夹着雪花呼呼地从耳边飞过。我在寒风里足足等了十来分钟，才看到幺叔和刘二一前一后跑来。幺叔拿过我身上的小药箱，让我回家去，我不回，我怕回去挨奶奶骂。情况紧急，幺叔也不和我多说，只让我跟着他就是。

很快便到了刘二家，还没进家门，就听见刘二媳妇一声接一声地哀号，那一声声凄惨的叫声使得原本就寂静的冬夜更添了一分骇人的恐怖。幺叔让我去帮着烧水，他和刘二进去为他媳妇接生，过了很久也没听到婴儿的啼哭声，只有刘二媳妇越来越微弱的呻吟声。

幺叔将刘二拉到屋外，对他说：“这样不行，你媳妇难产，得赶紧送医院。”

刘二迟疑地说：“这三更半夜的，十几里的山路，又险又滑，怎么去啊？”

幺叔让刘二找来两根竹棍，然后将他家的躺椅绑在竹棍上，做成了一个简易的担架。就这样，他们抬着刘二媳妇在泥泞的山路上深一脚浅一脚地一路狂奔，我则跟在他们后面，为他们打着手电筒。周围一片漆黑，我从没见过那么厚重的黑暗，头脑中也是一片黑暗,此时,我已是饥寒交迫,只觉得自己再也坚持不下去了,心脏好像要从嗓子眼里蹦出来,仿佛一张嘴血就会喷涌而出。我们就像机器似的,完全没有了思想,朝着一个方向机械地向前,向前……

凌晨3点钟的时候,我们终于抵达了镇上的卫生院,好在幺叔与卫生院的人都比较熟识,所以刘二媳妇很快就被送进了手术室。看着刘二媳妇进了手术室之后,我们三个人立马瘫倒在卫生院的长椅上。

后来,幺叔对我说:"那天晚上,我以为救不活那对母子,在路上最艰难的时候,我一度产生过绝望,差点就倒下了,没想到我们的坚持,迎来了母子平安。记住,当你在经历了绝望和痛苦之后,只要你坚持,曙光会重新出现。"

再后来,我离开了那个小山村,幺叔也结束了他30多年的赤脚医生生涯,去了省城堂弟那里安享晚年。

忽一日,堂弟打电话说,幺叔的脑壳不灵光了,时常追着小区的老人小孩要给他们看病。没办法,他们只得把幺叔关在屋里,没想到就做顿饭的工夫,幺叔就失踪了,和他一同失踪的还有那个跟随了他30多年的医药箱。堂弟让我回一趟老家,看看幺叔回去了没有。

我说,幺叔不是不知道,以前我们生活的小山村已没有了,取而代之的是一座大型的水泥厂,他是不可能回去的。

堂弟说,姐,去老家看看吧,他老人家在城里一直念叨着,小山村里的那些乡亲们,没人给他们看病怎么办。

拗不过堂弟的坚持,我回到了那个曾经的小山村。夕阳下,水泥厂的烟囱冒着股股浓烟,村口的那棵黄果树还在,只是再也不像以前那么茂盛了。幺叔正围着黄果树转,嘴里不停地念叨着

“家呢？我的家呢？我的病人呢？”

我走过去，背起幺叔的小药箱说，走吧，这儿已经不是我们的家了，你的病人都在那个遥远的小山村里，我带你去。

我们走出了故乡的小山村，只在夕阳下留下一串感伤的脚印……

花开富贵

春节一过，裴家小姐就有了身孕，这让裴家老爷、太太既震惊又愤怒，一个尚待字闺中的大家闺秀怎么就怀孕了呢？

几番威逼利诱之下，裴小姐终于说出那个男人就是年前家里请来制作彩灯的年轻师傅王富贵。一个小小的制灯工匠竟在自己的眼皮底下搞大了女儿的肚子，这还了得。裴老爷要去告官，让官府去收拾这个不知天高地厚的浑小子。裴太太一把拦住他：“你还嫌这脸丢得不够大，非要弄得人尽皆知？”裴老爷气愤地一甩手，埋怨太太不该请王富贵来家里做彩灯，发生这样的事，现在如何收场。

在Z城，有这样一个习俗，每到过年的时候，家家户户都要在自家的房前屋后挂彩灯，一来可以增加节日的气氛，二来讨个好彩头，预祝来年日子红红火火。于是，一到腊月，很多大户人家都要请彩灯师傅上门制作彩灯，包吃包住，好生款待。王富贵就是其中一位，别看他年轻，却有一手制作彩灯的绝活，他给自己制作的彩灯起了个“花开富贵”的名字，很受大户人家的喜爱。“花开富贵”彩灯的神奇之处在于它的变幻莫测，白天它是一朵朵安静的牡丹，虽娇艳但不失华贵，晚上点亮它，透过烛火的微光，一朵朵牡丹争奇斗艳，还有朵朵祥云围着它们飘来飘去，画面景物栩栩如生，极富立体感，煞是好看。

王富贵的“花开富贵”引来裴小姐的啧啧称叹，一有空裴小姐就来到制灯房看王富贵制灯，兴趣来了，还缠着王富贵教她如何制作。这样的时间待得久了，裴小姐就喜欢上了这个憨厚敦实、心灵手巧的小伙子，王富贵对裴小姐更是一见倾心。一来二去，两人就私定了终身，并约定春节一过，王富贵就上门到裴家提亲。

可还没等到王富贵上门提亲，裴老爷就急急地托媒人去了李家提亲。李家也算是 Z 城的大户人家，女儿嫁给李家的傻儿子，也比嫁给一个穷小子强。裴老爷对太太说：“嫁给李家的傻儿子，一来可以保住咱裴家的名声，二来还可以向他要一笔彩礼钱。”

裴太太有些担心：“咱这样去提亲，别人不会怀疑吗？毕竟主动把一个好端端的女儿嫁给一个傻子，有些说不过去。”

裴老爷说：“你傻啊，就说咱家生意失败，急需一笔钱周转，只得嫁女儿讨笔彩礼钱，反正他李家也在四处托人为他傻儿子提亲。”

裴老爷告诉裴小姐，如果不嫁给李家儿子，就派人做掉王富贵。事情很快就定下来了，三天后裴家嫁女。三天后，王富贵兴高采烈地提着聘礼来裴家提亲，可他刚走到裴家门口，就见一顶大花桥吹吹打打从里面出来，他忙问旁边一看客：“今天谁成亲？”

那人白了他一眼：“裴家小姐呗。”

怎么可能呢？不是说好春节一过就来提亲吗？怎么就等不了了呢？王富贵一路跟着送亲队伍，想不明白这是怎么回事。花轿在李家大门口停下来，李家儿子戴着大红花，流着口水一直傻笑。看着裴小姐在媒人的搀扶下，走进李家大门的背影，王富贵的心像刀绞一样生疼。

几个月后，裴小姐生下一个男婴，这让李家人高兴得合不拢嘴。裴小姐提出，孩子的满月酒要办得隆重，要悬挂“花开富贵”的彩灯，让孩子荣华富贵一生。李家连忙去请王富贵，虽然王富贵很不情愿来，但为了当面问一下裴小姐为什么要背信弃义，所以还是来了。

事情很快就弄明白了，王富贵知道了裴小姐嫁李家傻儿子的缘由，看着自己的儿子被李家亲来亲去，他的心里更多的是一种悲怜。

孩子满月那天，王富贵已为李家制作了上百个的“花开富贵”彩灯，本来打算离开的王富贵在李家的挽留下参加了孩子的满月宴。来来往往的宾客对孩子没多大的兴趣，却对那“花开富贵”灯流连忘返，待宾客散尽，李家也沉静在了睡梦中。

半夜，李家后院忽然升腾起熊熊火光，随着一声惊呼，李家陷入一片慌乱之中。待大火扑灭，天已大亮，就在众人长出一口气后，丫鬟急急跑来说，少夫人和刚满月的小少爷不见了。大家这才发现，那个制灯的王富贵也不见了。

守井的女人

陈婆子死的时候，古盐道上的“挑盐工”来了一茬又一茬。他们只在陈婆子的灵前静默了几分钟，就出来又挑起盐担子，走上了那条蜿蜒在崇山峻岭中的千年古道。

在这群挑盐工中，有一位汉子，叫阿牛。他并没有像其他挑盐工一样急着赶路，而是挑着担子在古道边的一口老井前停下。歇息片刻之后，从怀里掏出一个小布包，将里面的草木灰倒进了井边的一个陶罐里，然后盖上盖，用身上的汗帕将陶罐擦得干干净净。这些事，以前都是陈婆子在做，而且一做就是三四十年。

那时，阿牛还是一个半大孩子，父亲在一次挑盐去贵州的途中暴毙而亡。看着柔弱的母亲和幼小的弟妹，阿牛拿起父亲的挑盐担，同所有的挑盐工一样，走上了一条艰辛的求生之路。

第一次见到陈婆子，是阿牛首次跟同乡从自流井挑盐到贵州贩卖，他们走的是一条极其难走的山道，这条掩映在深山密林中的古道是川盐出川至黔的必经之地。阿牛从没走过这样的山路，走走停停，很快被同伴甩在了后面。当阿牛翻过一道梁，就看到古道边有一口井，井边还放着一把木瓢，又累又渴的阿牛想也没想，放下担子就直奔井边，舀起一瓢水刚要喝，却被一个不知从哪里冒出来的女人一把将瓢打在了地上，水洒了一地。阿牛诧异地看着面前这个女人，只见女人捡起地上的瓢，舀了一瓢水，然后从井边的陶瓷灌里抓了一把灰，一边搅一边嘟哝，待灰慢慢沉淀之后，女人把水递给阿牛示意他喝下。

阿牛端着水迟迟不敢喝，她不知道女人抓的那把灰是什么做的，能不能喝？最终饥渴战胜了犹豫，阿牛仰起脖子，咕咚咕咚将水喝了下去，只剩下沉淀在瓢底的草木灰。女人看到阿牛将水喝完了，高兴地拍起手来，拿过瓢又从井里舀起一瓢清洌的水让阿牛喝，这次没有抓草木灰了。对女人的举动，阿牛很奇怪，一个疯女人为什么要让自己先喝掺杂了草木灰的水。

喝了水的阿牛顿时感觉精神了很多，他很快追上了其他的同伴。阿牛将自己遭遇讲给同伴听，一位年长的挑盐工长叹一声说："这女人可怜啊，丈夫、儿子，两个最亲的男人都死在了这条道上，听人说，都是喝了井里的水，没走出多远就发病走了，从此女人就疯了，呆在井边逼迫喝水的人喝下她掺了草木灰的水。"

阿牛问："那口井里的水是不是有毒，不能喝呢？"

那人说："你说有毒，为什么有的人喝了就没事，说也奇怪，自从喝了陈婆子放了草木灰的水后，就再也没有人因为喝了那井里的水而丢了性命的了，也不知道那是什么灵丹妙药。"

在这条道上混熟了，阿牛就知道了一个的规矩，凡是要喝那井里的水，就必须先放上一把草木灰，然后等草木灰渐渐沉淀下去之后再喝，要不然那个疯疯癫癫的陈婆子就不知会从什么地方跳出来，打翻你的水，不让你喝。久而久之，挑盐工就形成了这个习惯，喝水前，必须先完成这个步骤。

阿牛很想搞清楚陈婆子放在井边的草木灰是什么做的。机会来了，有一天，阿牛发现陈婆子在路边的树林里烧火堆，然后将燃尽的草木灰放到陶罐里，看到阿牛正注视着自己，陈婆子呵呵笑了两声，将陶罐放到了井边。

一天，阿牛在井边喝水，一个书生模样的人来到这里，看到阿牛从陶罐里抓出一把灰，放到盛满水的瓢里搅拌，等灰慢慢沉淀之后，才去喝水。书生有些奇怪，为什么要在喝的水里加一把灰，阿牛就将疯女人的事说给了书生听。书生感叹道："这疯女人真了不起，为了让你们歇凉快了再喝水，竟想出了这样的法子。"

阿牛不明白书生的话，问他意思。

书生说："你们经过长途跋涉到这里时，已是又累又渴，看到有口井，难免会迫不及待地舀水喝，人经过剧烈运动后，马上喝凉水会突发疾病，严重的甚至会死。"

听了书生的话，阿牛终于明白了为什么那么多的挑盐工会死在挑盐路上。

陈婆子虽然走了，但她的行为却影响着这条古道上的每一位挑盐工，只要谁看见陶罐里没有了草木灰，都会在旁边的树林里生一堆火，为后面的人留下一罐草木灰。

土茶飘香

那一年，我跟哥同时参加高考。哥考上了名牌大学，我只是一般的专科。爹将我的录取通知书揣进他的内衣口袋说，丫头，别怪爹，爹无能，不能同时供两个。这事别跟你哥说。

看着爹一瘸一拐转身离去的背影，我心中的怒火一下子被爹那满身补丁的衣服浇灭了。爹太不易了，为了供我们兄妹俩读书，每天瘸着腿采茶、炒茶、卖茶，日子过得甚是艰难。

哥临走前的那个下午，我拿出爹做的茶叶一人泡了一杯。哥说，妹子，人生就如这茶，苦涩之后是甘甜，别气馁，这次没考上，去复读一年，明年准能考上。

我说，哥，放心吧。我明年一定能考上。

哥走后，我接过爹的小背篓，重复着爹每天做的事，采茶、炒茶、卖茶。哥也争气，大学毕业留在了省城，从科员到科长再到局长，仕途一直都很顺畅。

爹跟我说，丫头，看来爹当年的决定是正确的，有空你还是去省城看看你哥，顺便给他带些家乡的茶叶去。说着，拿出几袋自家产的茶递给我。

我说，爹，哥已经是局长了，什么茶没喝过，这不是去丢人现眼吗？

爹冒了火，吼我，当再大的官，他也是农民的儿子！

我带着家里自制的茶去了省城，哥又搬了新家，新家装修得富丽堂皇，就跟进了宫殿一样。哥不在家，只有嫂子在，对我这个乡下妹子，嫂子一直是不冷不热的。在哥家里，我看到各种名烟名酒名茶把储物柜塞得满满的，我不知道哥怎么会有那么多钱，吃的、用的都是高档货，看来哥已不再是那个打着赤脚去读书的农家孩子了。

直到离开，我都没好意思把包里的茶拿出来，那天哥回来得很晚，满身的酒气，嫂子从哥的手提包里抽出一沓钱在手上拍了两下，对我说，你哥当局长了，找他办事的人多了。

回到家里，我跟爹说了哥的事情，爹沉默半晌后，一个人喃喃自语：要出事，这样下去要出事。

几天后，爹交给我一个信封，说，你再去一趟省城，把这个交给你哥，另外再带几包茶叶去，这是你们小时候最爱喝的。爹不知道我把上次给哥带去的茶给了一个收破烂的。

这次去省城，我没去哥家，而是直接去了他的办公室。哥热情地要给我泡茶，我忙拦住他说，你这些高级的茶我喝不惯，还是喝这个自家产的土茶吧。

哥似乎没听明白，问，你说喝什么？

我说，土茶，就是小时候我们常把它当饮料喝的那种茶。

那个下午，在哥的办公室里，我们一人泡了一杯茶，缕缕茶香透过薄薄的雾气散发开来，整个房间笼罩在淡淡的茶香里，杯中的茶叶在清澈碧绿的液体中慢慢舒展，似笔尖直立，一种久违的熟悉感在茶香中慢慢扩散，日子仿佛又回到了当年。哥用鼻子狠狠地吸了一下说，这才是真正的茶香，好久没喝过这么清新淡雅的茶了，想想小时候，日子虽然清苦，但踏实，现在日子虽然好过了，却总是整夜整夜地睡不着觉。

我将爹给的那个信封递给哥说，爹让我把这个给你，他说让你不要忘了你是农民的儿子。

哥拆开那个信封，定定地望着我不说话。我凑过去一看，是我当年的录取通知书。刹那间，我们都明白了爹的良苦用心。

从省城回来后不久，嫂子半夜三更打来电话，哭哭啼啼地说，你哥疯了，辞了职，卖了房子，把钱全捐给了一所山区小学，还要去那儿当老师，这日子还过不过了？

哥的这一举动着实把我跟爹吓了一跳。当我们再次联系到哥的时候，他已经是一所山区小学的老师了。

我问哥缺不缺什么，哥说什么也不缺，你就每月给我寄点家乡的茶来吧，都说喝茶失眠，我喝了这茶却睡得安稳，现在我再也不受失眠的痛苦了。境由心生，想必哥也知道自己为什么能睡得踏实了吧。

那时花开

这是一场婚礼，也是一场葬礼。人们还没从刚才的喜庆气氛中缓过来，却又要面临一场生离死别。

时至深秋，雪白的油茶花已近飘零。一片一片，砸在阿伟的身上，生疼。阿伟拄着双拐，一瘸一拐地向油茶林深处走去，秀儿在那里等着他。

阿伟和秀儿本是青梅竹马，从小在这片油茶林中长大。有一天，阿伟摘下一颗油茶籽对秀儿说，要是把这些油茶籽进行深加工，那咱们村要不了几年就富了。

秀儿说，想法是好，但做这些需要钱，哪儿来钱呢？

阿伟说，要不咱们出去打工，等筹够了钱就回来办一个油茶厂！

秀儿答应了阿伟，两个年轻人带着梦想去了南方打工。

一天，阿伟去接下夜班的秀儿，两人刚走出工厂大门，一辆失控的大货车疯了一样向他们扑来。阿伟忽然感觉眼前一黑，便什么都不知道了。

阿伟醒来的时候，母亲正坐在床边守着他。阿伟问母亲发生了什么事。

母亲擦着泪说，你出车祸了！阿伟这才发觉，自己的下半身空荡荡的。阿伟呆愣片刻，忽然大哭起来。

母亲递给他两根拐杖说，哭没用，你的腿没了，从今天起，你就要用这两根拐杖走路。没有人能帮你，一切只能靠你自己，这也是秀儿的意思。

提起秀儿，阿伟的眼里掠过一丝光亮，他问母亲，秀儿为什么不来看我？

母亲说，她和你爸爸去别处打工了，她说挣了钱和你结婚，在你还没学会走路之前，她不会给你打电话，也不会接你电话，只能QQ联系。

为了节约开支，阿伟同母亲一起回到了家乡。阿伟接过双拐，开始练习走路，可是就连站起来都很困难，更别说向前迈步了。阿伟有些泄气，他将拐杖一扔说，不练了，与其这么受罪，还不如死了算了。

母亲默默地捡起拐杖，说，连你都放弃了，我们还这么辛苦干啥子呢？你爸爸他们为了多挣钱，熬夜加班地工作，我为了陪你练习，什么事都不能干，我们这样做，都是想让你再次站起来。

晚上的时候，阿伟看到秀儿的头像在不停地闪烁，赶忙点开。秀儿说，阿伟，听你妈说你想放弃？要是那样，我在外挣钱也没意思了，别忘了我们的那个梦。

阿伟敲击着键盘说，我没忘，可我是废人了，活着真累！我想见你，你能回来看看我吗？

过了一会儿，秀儿说，你好生练习走路吧，等明年油茶开花的时候，你去那儿照张相发给我，看到你的照片我一定回。你必须自己走着去，谁也不能帮你。下了，拜！

看着秀儿灰色的头像，阿伟摸摸空荡荡的裤腿，然后拿起双拐，又开始学走路了。

油茶林在村东的石坡上，离村子有一里多地。阿伟跟自己较上了劲，他不让母亲扶，自个儿拄着拐杖，一点一点地立起来，一点一点地迈开了步……

终于,阿伟看到静谧在雾色中的油茶林。阿伟很开心,再加把劲,等油茶花开的时候,自己就能够走到那里了,到时,秀儿也就能回了。

油茶花开得最热闹的时候,阿伟终于能够与这片油茶林相依相伴了。他掏出手机,让母亲给自己照张相,然后发给秀儿。

秀儿要回来了,阿伟很兴奋,早早拄了双拐来到油茶林等着,为了这一天,自己吃了多少苦啊!

晌午的时候,一阵噼里啪啦的鞭炮声由远而近,阿伟好奇地走出油茶林,只见一行人缓缓向油茶林走来。阿伟的目光在这行人中搜寻,他看到了父亲,但没看到秀儿。

正纳闷的时候,父亲走到他跟前,将手里那个用红布包着的盒子递给他,说,阿伟,秀儿回来了!

阿伟盯着那一片耀眼的红,说,怎么会这样?秀儿怎么了?

母亲将阿伟搂在怀中,说,那场车祸夺走了秀儿的生命,夺去了你的双腿,为了能让你站起来,你爸爸用秀儿的QQ,代替秀儿来鼓励你。孩子,没了腿,你能站起来,相信没了秀儿,你的心也能站起来!

阿伟将那些飘落的花瓣一点点拾起,覆盖在秀儿的骨灰盒上,喃喃自语:秀儿,你就在这里等我,明天我就来娶你……

树上有朵花

村子空了,是被山下的那根大烟囱熏空的。大烟囱冒出的浓烟熏得树没了,庄稼也死了,整个村子终日笼罩在一片雾霾之中。

村里的人受不了那刺鼻的气味,纷纷搬走了。李大爷不走,他说,生活了几十年的地方,走得再远,心还是在这儿,与其背井离乡,还不如将就着过!

儿子劝不动,只得带着妻子、孩子走了。李大爷将他们送出村口,叹道:“走吧,都走吧!村里就剩我这一个活物了。”

李大爷是在送完儿子之后,回家的路上见到另一个活物的。那是村里的一棵古树,古树打从栽下那天起,就没人能叫得出它的名字,但这并不影响村里人对它的喜爱。春天听鸟叫,夏天纳凉,秋天拾落叶,冬天晾腊肉,一年四季,大树底下从来就不曾寂寞过。

自从山下建了化工厂之后,村里的花草树木、鸡鸭猪狗都死了,唯有这棵古树每年还能支撑着长出叶片,尽量阻挡山下飘上来的浓烟,让村民们过得舒心一点。但从去年春天开始,古树再也长不出一片叶子,一年四季都是光秃秃的。连千年古树都受不了这样的环境,何况人呢?于是,大家纷纷地往外搬,没几天的工夫,整个村子就像经历了一场劫难,空荡荡的。

每次回家,李大爷都习惯在古树下坐一会儿。这次也不例外,李大爷刚坐下,猛一抬头,不禁愣了,只见古树的一根枝丫上,几片树叶正随风飘舞。李大爷眼神不好,他以为自己眼睛花了,站起来，揉揉眼睛，没错，是树叶，古树终于长出了树叶。更让他高兴的是，绿叶间竟开出了一朵花，红艳艳的，很惹人眼。

“古树开花了！古树开花了！”李大爷兴奋地大喊起来。回声在空旷的村子里游走，李大爷这才意识到整个村子就只有自己一个人。但这不影响李大爷的兴致，他从街上买回牛奶，给自己喝，也给古树喝。他一边将牛奶倒在古树根上，一边说，喝吧，喝吧！城里的树病了可以输液，你病了就没人管了。咱们都是一把老骨头，得自己多保重！

李大爷很想把古树开花的事与别人分享，于是就给老丁打电话，老丁啊，咱村里的古树开花了，你回来看看吧！

电话那头，老丁咯咯地笑，老伙计，大白天的说梦话吧？从来就没人见过古树开花，现在连片叶子都不长了还会开花？笑死人了！

李大爷“忽”地就把电话挂了，气呼呼地说，不信拉倒！

李大爷又给邻居老王打电话，老王啊，咱们村里的那棵古树开花了，红色的，好看得很！

老王沉默了片刻，说，老李啊，过不下去就搬出来吧，别在那儿死撑了。

李大爷撂下电话，谁在这儿死撑了？怎么都不信呢？说完，拿了两盒牛奶就往古树那边去。

远远地，就看见一伙人围着古树指指点点。李大爷一阵高兴，心想，终于有人看到这棵古树会开花了，这下他们不会以为我在说谎了吧。

走到跟前，李大爷看到儿子，正对几个人说，咱们围着树根挖，尽量挖远点，免得伤了树根。儿子分明是要挖走这棵古树。李大爷急了，几步上前，将古树护在身后，你们干什么？为什么要挖走？

儿子说，爸，让开吧，趁它现在还没死，挖出去能卖个好价钱，死了就没用了。

李大爷急了，谁说它会死了，你没看见树上有朵花吗？都能开花了，还会死吗？

儿子抬头看了看，忽然哈哈大笑，爸，那花是假的！

李大爷不信，说，你别骗我了，想挖走这棵树，门都没有，这可是祖先留给这个村子最后的一个活物了。

儿子见父亲不信，蹭蹭地爬到树上，摘下那朵连着叶片的花，递给父亲说，爸，你自己看吧。这是我挂上去的，搬家的前一天，我看邻居家扔出来的，很好看，闲着没事就把它挂到了这棵树上。

李大爷呆呆地看着手里的塑料花，古树连根拔起的时候，他感觉自己的心莫名地疼了一下。

晚上，李大爷给儿子打电话，儿子，我想回家。

儿子在电话那头兴奋地说，爸，回来吧，你一个人在那儿我们也不放心。

李大爷又说，我想回我们以前的那个家。

儿子一阵心酸，爸，回不去了，那个家没有了。

戒　尺

王明刚回到办公室，就发现那把戒尺不见了。一把戒尺，本来就不是什么稀奇玩意儿，但对王明来说却意义非凡。

这把戒尺，是父亲送给他的。那时，他刚从县里下派回老家的镇里挂职，父亲就从乡下赶来，拿出一把一尺长，两寸宽，两头金属包边的戒尺对他说，娃，我把家里的宝贝交给你，希望你别毁了咱老王家的名声，辱没了祖宗。

对这把戒尺，王明一点也不陌生，这是他们王家的骄傲，是父亲最珍爱的宝贝。从小就听父亲讲，自己的太曾祖父曾是朝廷的一个大官，靠着这把戒尺，成了深受百姓爱戴的清官，还获得过皇上的赏赐。

王明知道父亲送这把戒尺的意思，这次回老家工作，熟人多。父亲是怕自己在亲朋好友面前失去了原则，把家里的传家宝送来，是想让它时刻警醒自己。

临走时，父亲对他说，娃，记住，有些错不能犯，犯了一辈子就回不了头！

王明也很珍爱这把戒尺，不管是下乡蹲点，还是外出开会，他都要把它带在身边。有了这把戒尺，他就感觉非常踏实。有时因为某些事情得罪了亲戚朋友，他们大骂自己忘恩负义是个白眼狼时，心里虽然很委屈，但一看到这把戒尺，所有的不快就烟消云散了。

可如今，给了自己鼓励和勇气的戒尺突然不见了，是谁会来偷呢？王明把怀疑的对象锁在了二叔身上。去年，二叔因为承包村里的鱼塘曾找过自己，他想以最低的价格包到村里最好的鱼塘。自己不但没同意帮忙，还建议村主任免费包给了村里的特困户刘长生，为这事，二叔很生气，逢人便说他是个白眼狼。对二叔，王明一直很愧疚，要不是二叔倾尽所有让自己去读大学，自己哪能有今天呢！

王明给二叔打电话，很小心地问，二叔，是不是你拿走了那把戒尺？

二叔的声音很大:你小子别没事找事哈！我吃饱了撑的,拿那玩意儿干吗?

王明还想对二叔说点什么,电话里却传来了“嘟嘟”的声音。

既然二叔没拿,王明又把怀疑的对象锁在了小毛子身上。小毛子是个包工头,是王明一起长大的哥们,俩人的关系比亲兄弟还亲。上半年,小毛子拿着几万块钱来给他,想承包王明负责的一个工程。当时,王明让他把钱拿回去,然后来参加竞标。可竞标结果,工程包给了外地一个标价低、信誉好的公司。为这事,小毛子到办公室大闹了一场,临走时,还愤愤地指着桌上的戒尺说,就是这把破尺子割断了咱兄弟俩的情谊!

一定是这小子干的了。王明给小毛子打电话,毛子,把戒尺给我还回来!

小毛子在电话那头阴阳怪气地说,大书记,别搞错了哈,我是遵纪守法的好公民,不是小偷！说完就把电话挂了。

王明再也想不出是谁会来拿走这把戒尺,早上只有父亲来过,但绝不可能是父亲拿走的。既然把父亲最珍爱的宝贝丢了,还是回去跟父亲说说吧,要不然自己心里会很不安的。

看着突然回家的儿子,王明的母亲握着他的手半天说不出话来。因为工作忙,王明已经有大半年没见着母亲了,难怪母亲会这么激动。

王明在院子里走了一圈,感觉一切都很亲切。当他走进父母的卧室,一下愣住了,只见床头柜上放着自己丢失的戒尺。

王明拿着戒尺问父亲,爸！怎么会是你来拿走了呢?

父亲不敢看他,低着头说,是你妈让我去拿回来的!

王明满脸疑惑地看着父亲。父亲又说,别怪你妈,你妈想你了！她说只要戒尺不见了,你就会到处找,找不到,你就会回家来认错,这样她就能见着你了。

看着母亲在厨房里忙碌的背影,王明的泪一下就涌了出来。

吃饭的时候,二叔和小毛子都来了。小毛子举起酒杯说,明子,不好意思,我不该对你那样。这几天看电视看得我心惊胆战的,不是这个被双规了,就是那个进去了。还好,你有这把戒尺镇着,不然我也怕失去你这个好兄弟啊!

二叔接过话说,就是就是,侄子虽是个小官,但心中也不能没有"戒",不能没有"尺"啊!二叔理解你了!

一席话,说得王明的心里亮堂堂的。

大嫂的借条

大嫂是吃百家饭长大的。嫁给大哥之后,大嫂总算过上了安稳的日子。但是这样的日子没过几年,大嫂就经人介绍去了城里的一户有钱人家做保姆。

临行前,大哥很不放心地对大嫂说:"你又不识字,又没出过门,万一出个什么事,那可咋办呢?"

大嫂把行李往肩上一扛,说:"没事,我们这个年纪不识字的女人多得是,反正不影响洗衣做饭带孩子,挣到了钱我就回来。"

就这样,大嫂成了村里第一个外出打工的人。在城里,大嫂做事勤勤恳恳,除了带孩子,还把主人家里的大小家务事全都包了,这让主人很安心,工钱也在不断地增多。

按理说,大嫂吃穿用都在主人家,在城里待了十年,应该存了不少钱。但是，大嫂的兜里除了主人给的买菜钱外，没有一分是属于自己的。大嫂又不会去银行存钱，那大嫂的钱去哪儿了呢？

每天晚上，大嫂做完家务，回到自己的小屋，总要打开一个小布包，拿出里面那些参差不齐的小纸片，在灯光下细细地数，认真地算。这些小纸片就是大嫂这么些年来的所有存款，只不过他们是一张张写在废纸上的借条。大嫂虽然不识字，但每张借条的来龙去脉她记得清清楚楚。

原来大嫂这些年在外打工，老家隔三岔五就有人来城里，这个要起房造屋，那个生病住院，没钱了，都来找大嫂帮衬。大嫂也是来者不拒，有钱就给，没钱就找主人预支工钱给。但每次给钱，大嫂都要让来人写个借条，说是久了怕忘记。来人也不说什么，掏出身上的烟纸盒，拆了就写个借条给大嫂，然后千恩万谢地走了。

主人有时候提醒她说："借那么多钱出去，万一收不回来那你可就亏了。"

大嫂满不在乎地说："哪能呢？都是乡里乡亲的，我就当存银行了，等我做不动了，再回去一家一家地支取出来养老。"

可是，还没等到大嫂做不动的那一天，大嫂就捏着一沓借条回家要钱了。晚上，一大家人聚在一起吃饭，大家吃得正高兴，大嫂拿出借条对二叔说："二叔，我急着等钱用，你能把钱还我吗？都快十年了。"

二叔立马拉长了脸说："你在城里好吃好喝的，要那么多钱干吗？又不是不还你，缓缓吧。"

看二叔这样，大嫂又对弟媳说："妹啊，你这张借条也写了好几年了，我真的等钱用……"

大嫂的话还没说完，弟媳就嚷开了："大嫂啊，你这是干什么呢？你又不是不知道，现在你侄子上大学，花费可不少呢。这个时候向我要钱，你这不是要逼死我吗？”

大哥的脸色越来越难看了，他一扔筷子对着大嫂吼：“你这人怎么回事啊？一回来就问这个要钱，问那个要钱，你拿钱干什么啊？你脑子是不是进水了，好不容易聚在一起吃个饭也不让人安生。”

大嫂也不示弱，一摔筷子说：“我要回我自己的钱难道不应该吗？”两人你一言我一言地吵了起来，最后竟扭打到了一块儿。

大嫂在家里碰了钉子，在村里人那儿也没讨到好脸色，最后只得收拾东西回到了城里。

大嫂走后，大哥在家越想越不对劲，好端端地要那么多钱干什么呢？第二天，大哥去了城里找到大嫂做工的那户人家，敲门，无人应答，倒是把邻居家的门敲开了。

邻居探出头来说：“别敲了，这家人出事了，男女主人出车祸死了，就剩个孩子还在医院里，要不是他们家保姆，这孩子怕也保不住了。”

大哥急忙赶到医院，大嫂正就着白开水啃馒头。看见大哥，大嫂“哇”的一声就哭了，几天来的无助一下子都宣泄了出来。大哥安慰大嫂说：“你回家咋不把事情说清楚呢？”

大嫂说：“我不能说，我怕你们笑话我，都会说我傻的！”

忽然，大哥对大嫂说：“把借条给我，我回去帮你要，你在这里好好照顾孩子。”

据说，大哥回去很顺利地要到了钱，村里人说当初不还钱给大嫂，是看大嫂不肯说出为什么急需用钱，是怕她上当受骗！

狗情人

二叔没有老伴，只有情人。二叔的情人叫花花，花花是一条狗。

二婶去世之后，二叔就成了怪人。他给花花穿漂亮的衣服，给花花梳大辫子，还给花花穿毛线钩的鞋子。村里人见了，都说二叔的脑壳不正常了，谁也不愿搭理他。堂哥不能忍受村里人怪异的眼光，一气之下，去了外地打工，从此就没再回来过。

二叔对我很好，有好吃的，总给我留着，等我去吃。二叔常说，别人怎么看二叔，那是他们的事，你别管。我吃着二叔给的东西直点头。

每次去看二叔，我都会看到二叔抱着花花，在院子里走来走去。我问二叔，那只是一条狗，你为什么要对它那么好？

二叔冲我摆摆手说，它虽是一条狗，但比人更有人情味。

我不解，狗又不是人，怎么会有人情味呢？看来二叔的脑壳是不清醒。

二叔又说，花花就像情人一样，你不高兴了，它会哄你开心；你生病了，它会比你更难受；无论贫穷还是富有，它都不会离开你。

我咯咯地笑，二叔坏，把狗当情人。

二叔敲我脑袋，说，你小子想哪儿去了，我说的情人是有情之人。

我信二叔的话，但村里人不信。那天早上，邻居孙嫂嫂起床，看二叔家大门紧闭，就有些奇怪。二叔一向早起，这样的情况是从来没有过的。孙嫂嫂怕二叔出什么意外，在门口扯起嗓门喊了几声，见没人答应，就绕到屋后，趴在窗子上隔着玻璃往里瞅。

这一瞅，把孙嫂嫂吓了一跳，赶忙缩回了头，嘴里骂道，这个神经病，变态狂！村里人问孙嫂嫂骂谁，孙嫂嫂朝二叔的屋子努努嘴，说，看看去吧，人咋能跟狗睡一个被窝呢？不只是神经病，简直就是个变态狂，伤风败俗！

一时间，二叔和狗睡一个被窝的故事，一下子在村子里炸开了锅。村干部知晓了，来做二叔的工作，让二叔把花花处理掉，免得别人说闲话。二叔把脸一横，说，谁要动花花一根毫毛，我跟他拼命，你们不晓得情况，不要在这里乱说！

村干部没法，把堂哥叫了回来，堂哥一回来，操起棍子，想对花花下手。二叔弓起身子，把花花护在怀里，说，要打就先打死我吧。堂哥扔掉木棍，气愤地说，你不把它弄死，以后我不会再管你了！

二叔直起腰，对堂哥说，你管过我吗？这么多年，都是一只狗在陪着我，在管我！堂哥不说话，气咻咻地走了。二叔看着堂哥远去的背影，自言自语，养儿还真不如养一条狗。

吃饭的时候，母亲对我说，以后不准去二叔家，别让那老东西把你带坏了。

我噘起嘴说，二叔是好人，连我都不去二叔家，二叔连个说话的人都没有了。

母亲白了我一眼，再看到你去，我打断你的腿！

我不去二叔家，但二叔会在路上等我，拿东西给我吃。二叔说，村里人的话你别信，那天晚上我生病了，冷得全身发抖，是花

花钻进了我的被窝，用它的身子给我取暖，你要相信我。我点头，二叔的话我信。

但一直到我上学，我也没再去过二叔家。有时看见二叔带着花花，在我放学回家的路口张望，我会远远地绕道回家。虽然我相信二叔的话，但我更在意村里人的眼光。

外出读书，工作之后，我再也没有听到过关于二叔的任何消息。一个卑微的人，是没有人愿意去过多关注的，更没人愿意跟我提起这么一个人。但有时候，我会常常想起二叔对我的好。

直到有一天，我回到家乡。在村子的路口，我看见二叔坐在夕阳里，旁边是穿着红色衣服的花花，花花将头靠在二叔的臂弯里，远远地看去，他们还真像一对恋人呢！

二叔老了，花花也老了，两个孤独的背影，在夕阳下有些沧桑。我很愧疚，难道我也成了二叔嘴里那些无情的人吗？我的脸一阵发烫，走到二叔的身后，轻轻地叫了声“二叔”！

二叔转过脸来，看着我，一脸的茫然，最后问道，你是谁啊？

我一阵心酸，二叔已不认得我了，他已不认得村里所有的人！

奶奶的爱情

精致的女人，就是一件上好的青花瓷。爷爷看着奶奶的背影对身边的管家说。

那时，奶奶穿一件青花瓷图案的旗袍，撑着油纸伞，走在青石板上，轻飘飘的，像在云彩里飘。在她的身后，爷爷的眼睛如猎鹰般将她死死勾住。

管家伸手在爷爷的眼前晃了晃，说，大少爷，人都走远了，回吧！

爷爷回过神来，说，这是谁家的姑娘啊，咱们周庄就那么大点地方，怎么就没见过呢？

管家看出爷爷的心思，催促道，大少爷，走吧！要回晚了，大少奶奶发起脾气来那可不是闹着玩的。

爷爷摆摆手，示意管家回家。提起家里的那个女人，爷爷就很不痛快，仗着娘家有钱有势，专横跋扈，嫁过来几年也没能生下个一男半女。要不是她家对他家有恩，遵从父母之命，谁会娶她啊！

几天后，好事的管家将爷爷拉到一边小声地说，你知道那姑娘是谁吗？是咱们周庄祥和茶馆胡老板的千金，一直待在省城，难怪咱们都没见过呢！

一连几天，爷爷都邀约着管家一同去祥和茶馆喝茶，为的就是能看到那个素衣清颜的女子。奶奶虽出自大家闺秀，毕竟见过世面，提着茶壶周旋于客人中间，一点也不羞怯。倒是每次面对爷爷的倾心凝望，奶奶的心就会像小兔子一样“砰砰”地乱跳。

一来二去，爷爷就有了娶奶奶的心思。他对大奶奶说，嫁过来这么些年，你也不能生养，咱们沈家在周庄也算是名门望族，百年之后连个打幡摔老盆的人都没有，愧对先人啊！

大奶奶虽然强悍，对于无后一事，也觉得对不住爷爷，一番权衡之下，最后只得默许了爷爷和奶奶的婚事。

奶奶本无心做小，但面对风流倜傥的爷爷，奶奶曾经的高傲已是荡然无存。结婚那天，奶奶穿着她钟爱的青花瓷旗袍，顶着红盖头，坐着大花桥晃晃悠悠地来到沈家大门口。大奶奶站在门口，脸上阴得能拧出水来，她对身旁的丫鬟努努嘴，丫鬟端起火盆去了偏门。轿夫立马会意，抬着奶奶也去了偏门。奶奶在媒婆的搀扶下，跨过火盆之后，才知道自己进的是偏房。

奶奶不介意，只要两个人真心相爱，偏房正房又有什么区别呢？但婚后的日子远没有奶奶想的那么甜蜜和幸福，爷爷虽是周庄最大绸缎庄的庄主，但在家里，爷爷总是惧怕大奶奶的。

奶奶住的是偏房，是沈家的后花园，从偏房到前厅要经过一个长长的走廊，走廊尽头的厢房里，住着大奶奶的乳娘。自奶奶嫁入爷爷家后，一日三餐都有丫鬟送来，奶奶还没机会去过前厅。有时奶奶待得烦了，想去前厅看看，大奶奶的乳娘就会拦住奶奶，不让奶奶去前厅，说这是沈家的规矩。爷爷偶尔会在大奶奶的默许下，来到后花园与奶奶温存片刻，但每次都来去匆匆。有时，奶奶要爷爷多待一会儿，说说话，爷爷摸摸奶奶的小脸说，再不走，你就会有麻烦了。

转眼已是春暖花开，红艳艳的桃花怒放在枝头的时候，奶奶生下了个漂亮的男婴。这算是爷爷家的一件喜事，大奶奶破例来到后花园，抱着襁褓中的孩子爱不释手。奶奶以为有了这个孩子，幸福的日子从此就离自己不远了。

孩子满月之后，大奶奶借口后花园阴气重，将孩子抱到了前厅，从此奶奶就与自己的儿子近在咫尺却无法相见。自从有了儿子之后，大奶奶也不准爷爷到后花园来了。起先，奶奶以为爷爷忙、顾不上自己，可日子久了，爷爷依旧不来，奶奶的心也提到了嗓子眼，背地里老抹眼泪。

每当夜幕降临，奶奶都会倚在小窗前，看周庄在夜色阑珊中静静地睡去。周庄的夜很静，乌篷船在红灯笼暧昧的光影里，悄无声息地划行，那划桨的男人常常让奶奶错误地以为那就是爷爷。

日子就在奶奶的期望和失望中悄悄流过，园子里的花在奶奶的精心侍弄下开了又谢，谢了又开。

一天，奶奶正给一株玫瑰剪枝，一个孩子的声音从身后传来“妈妈，妈妈！”奶奶的心抖了一下，猛一回头，却见一个小男孩一边喊着“花花，花花”一边蹒跚着向一簇盛开的月季扑去，身边却没个大人。

奶奶抱起小男孩又亲又爱，小男孩乖顺地倚在奶奶的怀里，指着月季要“花花”，奶奶就摘下一朵花给小男孩，小男孩心满意足地笑了，奶奶的心却活泛开了。

眼看着暮色渐起，奶奶撬开后花园生锈的院门，哄骗着怀中的孩子，匆匆忙忙消失在周庄的茫茫夜色中，一同消失的还有奶奶曾经憧憬的甜蜜爱情。

最后一只鸭

三爷的鸭，是在柳河湾里长大的。

柳河湾有一湾溪水，从山里流出来，清澈透明。于是，有人说柳河湾里的鱼可以做生鱼片，不用担心有一点的污染，能放心地吃。

三爷的鸭是那种快要濒临灭绝的四川麻鸭，加之吃的是柳河湾里的鱼虾，所以这种鸭，胸腿肉多，肉质鲜美，其味道可以和野鸭相比，甚至更胜一筹。于是，三爷的鸭就成了许多人眼里的香饽饽。

但是，三爷养鸭有个原则，一次只养几只，从不多养。村里人说，三爷，你这鸭的品种不好找了，咋不多养一些呢？要是拿出去卖，那肯定抢手。

三爷说，不行啊，这鸭要是多了，这湾里的水怕是要遭殃了，那我不成了村里的罪人了？

三爷的鸭，是养来下蛋的。城里的孙子嘴刁，只吃这种麻鸭蛋，其他的蛋一概不吃。三爷心疼孙子，隔三岔五就进城给孙子送鸭蛋去。

这天，三爷从城里回来，在半道上碰到代理村主任二娃，二娃一见三爷，急忙拉住他的手说，三爷啊，你可回来了，我找你一整天了。

三爷看二娃急成这样，问，怎么了，出什么事了？

二娃说，三爷，明天有客商要来村里考察，准备在咱们村投资乡村旅游项目，咱们村脱贫致富就看这个了。

三爷说，好事啊，可是我能做什么呢？

二娃说，你什么都不用做，你就把你的麻鸭贡献一只出来招待客人就是了。既然是发展乡村旅游，我们就要拿出我们最具特色的东西来招待他们。

三爷把头摇成拨浪鼓，不行，不行，我孙子还指着这鸭蛋补充营养呢！

二娃不说话，拿眼剐他，哼了哼，转身走了。三爷抬起头，看着二娃远去的背影，不禁打了一个冷战。

果然，没过多久，村里就有人说闲话了，而且越说越难听，三娘受不了，骂三爷。三爷气鼓鼓地赶着鸭去河湾，却见河边立了块牌子，上写：“禁止放鸭，违者没收！”三爷气得拔起木牌就扔进了河里。然后,抱了那只公鸭去了二娃家。

镇上的领导陪客人来到了村里,一心想让村里脱贫致富的二娃吩咐媳妇精心烹制了一桌最具乡村特色的农家菜招待他们。客人们一品尝,个个竖起了大拇指,这才是真正的人间美味,单是这个极品麻鸭就能成为乡村旅游的重头戏!

二娃见客商高兴,加之酒精的作用,一兴奋就夸口说道,这麻鸭在我们这儿家家户户都养,要是喜欢等会儿走的时候,一人带一只回去,顺便给我们打个广告。

二娃许下的承诺,让三爷很为难,可这是村里的大事,三爷只得忍痛割爱。三爷的麻鸭就只剩下一只了。

三爷每天带着剩下的那只麻鸭去河湾,只是河湾里静得很,再没有了鸭群的嬉闹声。两个孤独的身影就这样在河湾里对望。

可是,好景不长,二娃再次找到三爷说,客商对这个项目很感兴趣,县上领导要亲自来考察,我们不能怠慢了,反正就剩一只鸭了,你老还是贡献出来吧。等事办成了,咱们再想办法扩大养殖。

三爷恼了,鸭种都被你们糟蹋完了,还谈啥子扩大养殖哦。

第二天,三爷起了个大早,抱着剩下的那只麻鸭去了镇上。三爷去镇卫生院说自己失眠得厉害,让医生开了一点安眠药。然后,三爷找了个僻静的地方,将安眠药灌进了麻鸭的嘴里。不一会儿,那只麻鸭便耷拉着脑袋睡过去了。

三爷将麻鸭抱回村里时,二娃正满山遍野地找他。看见三爷,二娃顾不得擦掉额上的汗,就过来想抢走三爷手里的鸭。

三爷说,别抢了,我给你,这鸭生病了,我带它去镇上找专家看病去了,你们要是不怕,就拿去吃了吧。

二娃一看耷拉着脑袋的麻鸭,朝三爷吼道,你是怎么搞的,好端端地怎么会生病呢?

一个干部模样的人听见吵闹声，走过来，问发生了什么事？

三爷就把事情的来龙去脉说了一遍。

县领导看了看三爷怀里的麻鸭，忽然对二娃说，胡闹！简直是胡闹！这种鸭你们也敢吃，你们知不知道这是咱们的保护鸭种啊！

最终，三爷保住了最后一只麻鸭，只是这河湾里，不会再有成群的麻鸭来搅动这一湾溪水的宁静。

高处不胜寒

阮小雨是被冷醒的。屋里虽有暖气，但阮小雨还是没来由地感到阵阵寒意。一个人，孤独惯了，感到冷，那也是再正常不过的了。

但阮小雨偏不信这个邪，她拿出手机再次拨打那个熟悉的号码，可是无论她怎样打，电话那头始终是无人接听。电话的主人就像人间蒸发了一样，没有向阮小雨挥一挥手，就带走了她心中的云彩。留给阮小雨的，除了这空洞的大房子，还有就是令阮小雨着迷的男人气息。

阮小雨住的是顶楼，顶楼相比其他的楼层，要冷得多，但阮小雨不怕，因为身边的那个男人会带给她温暖。当初看房的时候，男人就问她："住这么高的楼干什么呢？悬在半空中，一点安全感都没有！"

阮小雨拉着男人到露台上，指着下面蚂蚁一样蠕动的人流说:“住得高好啊,你看那些人啊车啊,就像蚂蚁一样,那样的渺小,站在这里,你就会感觉你拥有了一切!”

男人长叹一声说:“宝贝哎,你为什么非要拥有一切呢?”男人给不了阮小雨想要的一切,但阮小雨不在乎,她只在乎男人能否时常过来陪她一起数星星看月亮。

那段日子,男人来得很勤。男人喜欢喝咖啡,阮小雨会调制不同的咖啡,拿铁、摩卡、卡布奇诺、玛琪雅朵……阮小雨换着花样地做。那时,他们很享受这样的生活,两个人偎在沙发里,心底的幸福也随着马克杯里的雾气,一丝丝、一缕缕、一团团地飘散开来。马克杯里褐黑色的咖啡上,饰着白色的鲜奶油和黑色的巧克力酱,两朵洁白的奶泡浮在黑色的巧克力上,像花一样地开着,空气中浮游着的是浓郁的咖啡香味。

更多的时候,他们相拥在清冷的月光下,眺望远处的车流灯河。在朦胧的光影里,阮小雨喜欢吟诵那首“明月几时有,把酒问青天,不知天上宫阙,今昔是何年?……但愿人长久,千里共婵娟”。阮小雨的职业是播音主持,这样的词句从她的嘴里出来,带有几分的苍凉,听得男人的心里无端生出阵阵寒意。

男人有多少日子没来过了?看阮小雨撕下的那一沓厚厚的日历就知道了。男人不来的日子,阮小雨习惯每天晚上临睡前撕下日历,然后细心地将它们叠起来,放在梳妆台上。看着那些越积越高的日历,阮小雨的心,也渐渐地由希望到失望,再到绝望,一点点地往下坠。虽然她始终未曾放弃过。

此刻,阮小雨斜倚在栏杆上,低低的天幕把她的心压得很灰,俯视脚下蚂蚁一样的人群,阮小雨忽然很想落泪。一个花一样的妙龄女子,将人生最美的青春年华留给了一个男人,到头来那人还是悄无声息地走了。这太让阮小雨不甘了,回过头来盘点自己的生活,竟是那样的单薄,工作之余的活动范围,竟只局限于这高楼之上。曾经以为这就是自己想要的生活,与心爱的人独居尘世之外,把酒问青天!可如今,马克杯依然冒着热气,而喝咖啡的那个人却不知去向!

阮小雨点上一支烟,厚重的烟雾在她的唇边袅绕,然后带着她肺里的热量和体内的气息,一点一点地向远处扩散开去!在烟雾中,阮小雨居然找到了男人离去时说的最后一句话"这样下去,很危险的"!当时,阮小雨并未曾在意,原来一切都是有缘由的。

去上班的路上,阮小雨破例没开车,而是将自己融入滚滚人流中。这一融,就让阮小雨感受到了一种久违了的人间烟火的味道,街边烤红薯的香味,远比咖啡的味道来得自然、纯正;熙来攘往的人群,远比在高楼上看到的真实、亲切。走着走着,阮小雨一颗冰冷的心也渐渐温暖起来。

一天,阮小雨走在街上,看到那个男人从对面走来,她想躲开,却又觉得自己不需要躲,于是迎上去笑吟吟地说了声:"你好!"就与男人擦肩而过。那一刻,阮小雨以为自己会流泪,但她惊奇地发现,自己似乎不再那么恨一个人了。

那天,是阮小雨搬家的日子,阳光明媚,天高云淡。

梨花深处的炊烟

每年梨花盛开的时候，县城的王老太太都会准时来到梨花溪，租下二大爷家的小木屋，从花开一直住到花落。

小狗子最喜欢坐在山岗上看小木屋里飘出来的缕缕炊烟，这些炊烟从梨花深处飘散出来，让这远离村庄的小山沟渐渐地有了人间烟火的气息，让小狗子有了家的感觉。

小狗子是被村里的孩子撵到山岗上来的，村里所有的人，见了他就如同见了瘟神，躲得远远的，因为他的父母是被艾滋病夺去生命的。父母去世之后，为了躲避村里孩子的欺负，山岗上一座废弃的小窝棚就成了他的家。

看着梨花深处飘起的炊烟，小狗子就知道那个老太太又来了。在小狗子的印象中，这是位干净的老太太，梳了低低的发髻，一笑，一脸的慈祥，像极了自己的妈妈。

那天晚上，小狗子溜下山岗，轻手轻脚地来到小木屋的窗下。透过微弱的烛光，小狗子看到老太太正斜倚在床头，微闭着眼听收音机。小狗子溜进厨房，拿起桌上的馒头就往嘴里塞。

老太太听到响声，骤然惊醒，轻咳两声，喊道："谁呀？"话音未落已是一片沉寂。老太太下了床，猛一挑门帘，就见一团小黑影倏地蹿进无边的黑暗中。

来到厨房，见碗里的馒头没了，老太太就明白，又是那个常常坐在山岗上发呆的野孩子来偷食了。谁家的孩子不是爹妈疼的，这孩子可怜呐！老太太心疼小狗子。

第二天，老太太挎着篮子去了农家，她要去农家买点菜。这几天自己懒了，每天不是稀饭馒头就是面条，想那个偷食的孩子也是吃不饱的，再怎么也得多做点。

买了菜回来，老太太就去山岗找小狗子。她想对他说，以后不用偷偷摸摸地来，饿了随时都可以来。可她一上山岗，小狗子见了她撒腿就跑，老太太没敢追他，想必这孩子以为自己是来找他算账的呢。

回到小木屋，太阳也快落山了。老太太进了厨房，将买来的土鸡炖上，然后走出屋子，望着山岗发呆。而此时，小狗子也坐在山岗上，望着炊烟默默地流泪。

老太太吃完饭，盛了满满一大碗鸡汤煨到锅里，怕天黑孩子看不见，就在厨房里点了根蜡烛，然后就上床睡了。迷迷糊糊中，老太太听到厨房里传来窸窸窣窣的声音，她不敢翻身，怕惊扰他。

不过几分钟的工夫，就听到厨房的关门声。老太太估摸着小狗子已吃完了，就蹑手蹑脚下床，透过窗帘的缝隙往外瞧，却见小狗子呆站在梨花树下，肩膀在月光下一颤一颤地抽动。

以后的日子，老太太总是换着花样做好吃的，小狗子也习惯了在炊烟升起的时候，坐在山岗上等待黑夜的来临。

但有一天，小狗子从早上一直等到太阳下山也没看到梨花深处升起的炊烟，起先小狗子认为老太太是出门了，但到了黄昏，小狗子就感觉不对劲了。他等不到天黑，就来到小木屋，推开虚掩的房门，便看到老太太躺在床上一动不动。小狗子吓坏了，去摸老太太的额头，滚烫。

小狗子拿起桌上的手机就拨了120，然后倒了杯水，一点一点地用勺子喂进老太太的嘴里。

呼啸着的救护车停在了村口，不一会儿，二大爷就带着几个穿白大褂的医生进了梨园。小狗子怕村里人骂他，躲到屋后眼睁睁地看着他们将老太太抬走了。

小狗子以为老太太不会再回来，但在第三天，老太太又像往常一样，回到了小木屋。小狗子看见小木屋升起的炊烟，兴奋地一溜烟跑下山岗，站在梨花树下看老太太做饭。

老太太也发现了小狗子，向他招招手，说，过来！

小狗子摇摇头，说，我有病，会传染的，我不能害了你！

老太太笑了笑说，奶奶不怕，奶奶的命都是你捡回来的，过来吧，孩子！

小狗子来到老太太跟前，老太太抱抱他，说，好了，我抱了你，我也有病了，现在咱们是同病相怜了，你可得留下来照顾我了。

从此，小狗子就留在了小木屋。

转眼间，已是花开花谢。小狗子忧心忡忡地看着满地落花，问老太太，奶奶，你要走了吗？

老太太对小狗子说，奶奶不走了，回到城里奶奶也是一个人，还不如就在这里有你陪着，热闹些。

小狗子说，花都谢了，你在这里就没看的了。

老太太指着梨树枝头刚拱出的嫩叶，对小狗子说，孩子，只要心中有爱，自然花开不败！

我在金山湖等你

晨晨是我的闺密,我们同时喜欢上了一个叫老马的男人。但晨晨不知道,老马在和我拍拖。

晨晨喜欢老马的高冷,而我喜欢的是老马身上那种南方男人宠辱不惊的闲适之气。私下里,老马对我说,他的心里有一团火,路人看到的只是烟,只有我看到的是火。

我不明白老马这话的意思,故意逗他说,晨晨喜欢你!

老马摸摸我的头说,这我知道,傻丫头!

老马的淡定让我很生气,我很想看到老马指天发誓着急的样子,但每次都让我很失望。

我们三个人在一起的时候,老马总会向我们讲起他家乡的金山湖畔白娘子与许仙的爱情故事。我时常嘲笑他,大哥,书读少了吧,地球人都知道白蛇与许仙的爱情发生西湖断桥边,怎么会是你们金山湖的?

只有在这个时候,老马才会跟我急,他说,白娘子水漫金山救夫演绎的千古爱情传奇就发生在金山湖边的金山寺,不信你自己去瞧。

晨晨最喜欢看我们斗嘴,她说老马跟你急的样子好可爱。看到晨晨犯花痴,我心里很不安,怕她做傻事,因为她曾说过,为了爱情,她愿意付出一切,哪怕是生命!所以我和老马的关系迟迟不敢公开。

我和老马商量着选个合适的时机把这事给晨晨说了，免得她单相思走火入魔。可还没来得及跟晨晨摊牌，一纸医院诊断书，将我推向了死亡的边缘。

那天，医生对我说，你的病还是到大医院去确诊一下吧。确诊！那不就意味着我得了不治之症了，我的脑袋一下就懵了。

我没有去确诊，也没有告诉任何人。一个人悄悄地去了老马的故乡，我不是去印证白娘子爱情故事的真伪，而是去老马曾经生活过的地方，感受一下他的气息。白天在金山湖来来回回地转，晚上去看了一场电影《青蛇》，从电影院出来，青蛇与白蛇的爱恨情仇一直撞击着我的心扉，青蛇为了姐妹之情，退出了一场爱情的博弈。我也可以做青蛇，让老马和晨晨幸福地生活下去。

于是，打开手机，我给老马发了条短信：爱他，就要让他幸福！我爱你，爱晨晨！我要让你们幸福！

很快，老马就把电话打了过来，急切地说，傻丫头，你死不了啦！我翻到你的病历和片子，找专家看了，他们说是误诊，哈哈，这辈子你也别想逃出我老马的手心！晨晨那边我跟她说通了，别担心！

老马的话让我有一种劫后余生的喜悦，挂断电话，不禁对着金山湖大声唱道："法海你不懂爱，雷峰塔会掉下来，我们在一起永不分离……"

这时，老马发来了短信：丫头，玩累了，就回吧！

"不！我在金山湖等你！"短信发出去后，我看到一只飞鸟在金山湖上自由翱翔。

活得像个人

张敦子好酒,成天拿着个酒葫芦在村子里东游西荡。村里人见他人不人,鬼不鬼的样子,背地里都叫他“酒疯子”。

以前的张敦子很风光,是一家建筑公司的老板,除了场面上应酬喝一点酒外,平时是不喝酒的。因为一场工程质量事故,死了人,张敦子一夜间变得一无所有,酒就成了他最好的朋友。

张敦子烂醉之后,什么都不怕,时常要酒疯,把个村子搅得鸡犬不宁,令村干部们非常头疼,却又拿一个酒疯子没办法。

村里要建厂,村干部带着外地投资商来村里考察。张敦子举起酒葫芦,狠命地灌了几口,摇摇晃晃地跟在一拨人后面,尖起耳朵听他们的谈话。待弄清楚是要建个养猪场之后,张敦子又灌了几口酒,骂骂咧咧地走到一干人面前,步子摇晃,但很豪壮。

村干部见又是张敦子来捣乱,想拉他离开。张敦子顺势躺倒在地,大喊:“打人啦! 干部打人啦! 唉哟!”

张敦子的叫声引来村人围观,待众人从张敦子的疯言疯语中得知:村里要建养猪场! 这还了得,那屎啊尿的,还不得把村里这条河给毁了! 大伙不干了,纷纷围着村干部讨说法。

外地客商没见过这阵势,怕把事情闹大收不了场,只得跟村干部说声“抱歉”! 然后匆匆离去。众人开心地地散了。

陈阿公扶起张敦子,问:“敦子,你喝的什么酒啊,每次都喝得烂醉,你还要不要命啊?”

张敦子大着舌头说："我这酒，烈着呢，火烧烧，喝一口，过瘾！"

陈阿公又说："敦子，听我的话，别再喝那么烈的白酒，伤身啊。我有一种酒叫红茅液，是原生态的，不伤身，你看我天天喝酒，身体却越喝越好。"

张敦子把手一扬，说："拉倒吧，那酒是娘们喝的，喝起来不过瘾！"他说完，向陈阿公摆摆手就走了。

村子的小河边有座石拱桥，是通往村外的唯一通道，因为年代久远，存在很大的安全隐患，村里想集资重新翻修一下。

开工那天，村里人倾巢出动，站满了河边，看施工方按民间的开工方式做仪式。放了鞭炮，滴了鸡血之后，一辆大卡车载着满满一车沙开过来，就在货箱缓缓升起准备卸沙的时候，张敦子忽然跳了出来，双手叉腰："停！停！不准卸！"

包工头见是张敦子，大惊失色，知道遇上了克星，忙上前递烟赔笑。张敦子不理他，指着一车沙，大着舌头说："你这车沙，要不得，换，换掉！"村干部以为张敦子又发酒疯，过来劝他离开，张敦子不走："这个你不懂，就是要不得！"

村里人终于明白过来，张敦子修过房子，懂行！在大家的责问下，包工头只得一挥手：换车好沙来！

这之后，张敦子不再到河边捣乱，这让包工头松气不小。眼看着桥快修好了，醉醺醺的张敦子提着酒葫芦又来了，他桥上桥下看了大半天，忽然捡起地上的一根铁棍，疯了般对着桥墩就是一阵猛敲，还没竣工的桥哪经得住他这样敲，水泥伴着沙大块大块地往下掉。

包工头知道张敦子修房子出过事故，受了刺激，就过来阻止，张敦子取下腰间的酒葫芦向包工头砸去。"嘭"的一声，一股红色的液体顺着包工头的脸颊往下流。看着包工头血流满面的样子,赶来劝架的陈阿公吓坏了:“敦子啊敦子,你又惹祸了!”

张敦子凑到陈阿公耳边说:“没事,那不是血,是红茅液酒。我就吓吓他,让他知道做工程就是做良心!”

陈阿公定睛一看,果然是酒,一下笑了:“敦子啊,你没醉啊?你连阿公也敢骗,居然说自己喝的是火酒。”

张敦子不好意思地笑了:“假戏真做嘛,关键时刻,可不能真醉啊,要误事的! 没有什么比健康更重要的了。除了红茅液,其他酒是不能这样喝的,身体毁了,什么都没了。”

“我明白了,你呀,是揣着明白装糊涂!”陈阿公点着张敦子的脑门说。

张敦子这一砸,砸出了一个豆腐渣工程,同时也把自己砸进了派出所。他出来的那天,全村人开了五箱红茅液为他接风洗尘,此时的张敦子感觉自己这才活得像个人样。

五分钟的幸福

他们大学毕业后分别在不同城市工作,两座城市相距百余里。因为有了爱,每个周末他都会坐火车来到女友的城市,与心爱的人一起享受甜蜜的周末时光。

婚后的一段日子里,因为白手起家,他们的日子过得很艰难。但每个周末,男人都会满身疲惫地回到他们的温馨小屋。有时女人就会心疼地说,坐大巴吧,既快又舒服,多花不了几个钱。

这时，男人会从行李中拿出一个保鲜盒递到女人面前说，坐火车我才有机会给你弄这些东西。说着，男人就从盒子里拿出一粒核桃仁塞进女人嘴里。那香香的味道就是幸福的涟漪。

女人喜欢吃核桃，而男人工作的地方盛产核桃。回家的百里路程，坐大巴走高速路一个多小时就到了，而坐火车则需要三个小时的时间。男人选择坐火车，在火车上他一刻也没闲着，一边看窗外的风景，一边夹核桃。火车到站，核桃也弄完了，男人很享受这样的生活。

返程时，女人通常会送男人去火车站。在那儿有一路中巴车，可以载他去自己工作的城市。因为走老路，价格和火车价格差不多，只是中巴要比火车提前五分钟出发，为了这难得的五分钟，男人每次都选择坐火车回去。

日子就在这来来往往的奔波中过去。

夏天来临的时候，他们有了孩子，给这个温馨的小家增添了更多的乐趣。女人却有了心事，渐渐地她发觉，每次返程的时候，男人总是急匆匆地去乘坐那中巴车。女人想不通，男人为什么要急着离开呢？

每次话到嘴边，女人都忍住了没问。她不想让原本幸福的家因为自己的猜忌而留下阴影。

这天，男人又要走了，他亲了亲孩子，拍拍老婆的肩头，出门了。就在关门的瞬间，女人的心里酸酸的，泪水掉了下来。

傍晚，女人接到电话，说男人乘坐的中巴车出事了，男人伤得很重，被送到了医院。

女人抱着孩子心急火燎地赶到医院，看见自己的男人浑身缠满了绷带。女人失声痛哭，并大声责问为什么要去坐那又脏又破的中巴车呢，提前五分钟出发对你就那么重要吗？女人再也控制

不住，将心中长久积压起来的愤懑一股脑儿倒了出来。

男人闭上眼睛，痛苦地摇了摇头。

男人伸出手臂摸摸孩子的脸，轻轻地说，知道吗？那五分钟对我来说是多么的幸福。最近我听说中巴车为了揽客，总会绕行市区一圈，也会从我们家的楼下经过。于是我选择了坐中巴，从车上望着阳台上花花绿绿的小衣服，我感觉是一种幸福……

那件事情发生后，男人终究没能站起来，但那五分钟的幸福却给了男人一生的幸福。

时间过去二十年了。二十年里，女人每天都用轮椅推着男人来到街上，默默地望着自家的小阳台，各自感受着心中的幸福。

女人说，当初你要不是去乘坐那又破又旧的小中巴，就不会这样了，你看你现在……

男人望着家的方向说，经历了生死后，我才发觉那短短五分钟的幸福，值得我用生命去守候。

古镇旧事

春天来临的时候，古镇上来了个疯女人，高高的个儿，乱蓬蓬的头发，碎花小包袱斜斜地挎在胸前。疯女人的到来让古镇的人们充满了好奇，她是谁？为什么疯？她来古镇干什么？包袱里装的什么……各种疑问谜一样扎根在古镇人心中。人们只能从那一身分不清颜色的学生装猜出此女可能是省城来的大学生。

女人虽疯，却不吵不闹，一脸的安静，从不惹是生非。总是安安静静地沿着青石板路来来回回地走，似乎在寻找着什么东西。就有调皮的孩子跟在女人身后大叫“疯子，疯子……”女人也不恼，笑嘻嘻地看着这些天真的孩子。可只要孩子们去夺她身上的小包袱，女人便又踢又咬，紧紧地把包袱护在怀中。古镇的人们很想知道，那个包袱里究竟是什么东西，让一个疯女人如此的在意。

老街坊杨大妈想让她换下那身又脏又臭的学生装，看见疯女人从青石板上走来，就拿了干净衣裳喊了声“幺妹，过来”。她就乐颠颠地跑到跟前望着杨大妈嘻嘻地笑。但当杨大妈想让她换下衣服时，疯女便蹲下身，将怀里的包袱抱得死死的，坚决不允许杨大妈脱她的衣服，任谁也别想让她取下身上的包袱。

每天，疯女都会早早地来到林家包子铺前，两眼直愣愣地望着热气腾腾的包子不走。通常这个时候，林老板就会用纸包了两个包子喊一声“幺妹，拿去吃吧”。疯女便接过包子高高兴兴地跟着一群小学生去了古镇唯一的学校。在学校门口的古树下，疯女一边吃着包子，一边盯着每个从身边走过的学生，似乎在寻找着一个什么人。

日子久了，人们也渐渐地习惯了疯女的存在，于是疯女便有了一个属于自己的名字“幺妹”，无论大人小孩都这么叫她。古镇人对这位外来的幺妹十分友好，天冷了会有好心的街坊拿来棉被给她御寒，谁家有了好吃的也会端来一碗放在她面前。面对小镇人的热情，“幺妹”脸上没有任何的表情，只是默默地接纳着人们的好意。

这天早晨，和往常一样，疯女拿了两个包子倚在学校门口的大树下正吃的时候，一辆马车疯了一般从远处急驰而来。眼看着马车越来越近了，一群学生娃丝毫没察觉危险正一步一步地向他们逼近，马儿也没有停下来的样子。疯女立马大声叫着飞奔过去，紧紧地抱住了马脖子。受惊的马儿飞起四蹄一路狂奔，可疯女依然死死地抱住马脖子。

面对突然的变故，人们清楚地看到，在古镇西边的河坝上，一个碎花小包袱飞上了半空……

人们从四面八方围拢过来，捡起散落在地上的东西。人们惊讶地发现，被疯女视为生命的小包袱里只是一些信件和照片。人们又惊讶地发现，照片上那个年轻的国民党军官，正是在武汉对日作战中阵亡的本镇应征青年魏天伦！

在古镇东山魏天伦的墓旁新垒起一座坟茔，崭新的墓碑上刻着：古镇媳妇之墓。据说这几个苍劲有力的字是出自本镇德高望重的刘老先生之手。

又见梨花开

方芳是赌气嫁到梨花溪的。她不明白，从小对自己百依百顺的父亲，竟在这件事情上百般阻挠，甚至不惜断绝父女关系。

方芳记得第一次带男友回家，父亲很高兴，亲自下厨做了几道私房菜。面对一桌丰盛的饭菜，男友边吃边赞，叔叔的菜做得真地道，这个泡椒黄辣丁、韭菜肉丝，很有我家乡的味道。

父亲看着吃得正欢的男友问，你家是哪的呢？

男友说，我家在梨花溪，那儿山美水美，黄辣丁是出了名的河鲜。我跟方芳打算结婚之后，把家安在梨花溪，然后开一家农家乐……男友的话还没说完，就听“啪”的一声，父亲摔了筷子，拂袖而去。

方芳和男友面面相觑，不知道父亲为何忽然变了脸。

之后，父亲一直不同意两人交往。理由是梨花溪又穷又偏僻，不会让闺女去那儿受罪！

方芳对父亲说，现在的梨花溪是有名的风景区，每年梨花盛开的时候，那儿就像是人间仙境，美极了！

惹毛了，父亲就吼她，嫁给谁都可以，就是不能嫁给梨花溪的人！

方芳哭了，她想不明白父亲为什么那么不喜欢梨花溪。说服不了父亲，方芳偷偷地和男友去民政局领了结婚证，跟随男友去了梨花溪。

两个人在梨花溪的山坳里，开了一家农家乐。但是因为农家乐新开张，没请到好的厨师，生意很是清淡。就在两个人愁眉不展之际，快递员送来一个包裹，包裹里是一本崭新的笔记本，方芳打开笔记本，不禁泪流满面。只见笔记本里，是一道道手绘的菜谱，里面记满了菜品的制作方法，图文并茂，简单易懂。不用猜，方芳知道这是父亲的杰作。父亲一直对当地菜情有独钟。

老公对方芳说，你爸是在以这种方式来帮我们，但他为什么不喜欢梨花溪，不亲自来帮咱们呢？

听老公这么一说，方芳忽然想起，小时候，父母经常吵架，每次吵架都离不开梨花溪和一个叫翠芬的女人。后来母亲离开了这个家，就没人再提起过。

父亲心中一定有个秘密在梨花溪！为了弄清这件事，方芳决定回家问奶奶。

回到家里，奶奶只说父亲曾经在梨花溪下过乡，其他的也不知道。方芳不死心，在父亲房间的抽屉里，方芳看到了一张泛黄的照片，上面是一个梳着长辫的女孩，照片的背面写着“翠芬”两个字。方芳掏出手机，将照片翻拍下来，然后回到了梨花溪。

方芳将照片拿给老公看，老公看了直呼，这人好面熟！仔细一想，就是村里的王婶。村里人都知道，王婶一生未嫁，她在等一个男人。

难道这个王婶就是翠芬，是父亲爱了恨了一辈子的女人。为了弄清事情的真相，方芳决定去拜访一下这个王婶。

去王婶家的时候，王婶正在给院里的一棵梨树浇水。看见方芳，王婶问，姑娘你找谁啊？

方芳说，我不找谁，看这梨花开得漂亮，就进来看看。

王婶说，那是当然了，几十年了，我每天都给它浇水，这是我男人留下的。它是我唯一的念想了。

方芳问，你男人？他怎么了？去哪儿了啦？

王婶长叹一声，唉！我身上的故事也不是什么秘密了，想听啊？

方芳重重地点了一下头，悄悄打开了手机的录音功能。

女人说，我男人是下乡的知青，我们是在劳动中相识的。当年我们很相爱，眼看着知青们都回城了，我不想拖累他，他应该回到属于他的地方去，所以我提出了分手，骗他说我要和村主任的儿子结婚了。为了让他离开这里，我说了很多让他伤心的话，后来他走了，我知道他恨我……姑娘，老一辈的爱情观你们年轻人是不懂的。

从王婶家出来，方芳很感慨，多好的人啊，他们应该在一起的！有了这个想法之后，方芳决定回家找父亲。

父亲听完方芳带回的录音，早已是泪流满面，他抚摸着手机里王婶的照片，喃喃自语：真蠢啊，梨花溪那么美丽的地方，谁舍得离开呢！

又到梨花盛开的时候，方芳的农家乐多了一对精神矍铄的老人。男的在厨房里掌勺炒菜，女的则在一旁不停地帮他擦汗。看着这对恩爱的老人，方芳没来由地说了句："百年老树换新枝，又到梨花怒放时！"

滴水观音

我不知道它为什么叫滴水观音。王姐将它送给我时，只说，好好照顾它！但愿它能给你带来好运！

王姐是被新来的杜小薇挤对走的，我们都这样认为。杜小薇年轻、漂亮，一双会说话的眼睛，会伸出无数的小钩子，勾得人的魂儿都出了窍。王姐的客户来公司，杜小薇很是殷勤，一张嘴像抹了蜜似的，说得客户咯咯地笑，满脸泛光。然后，杜小薇一个眼色丢过去，就把本该是王姐的客户，给勾去了。

在大伙的眼里，杜小薇一直是个很有心机的女孩，工作能力不强，玩心眼的本领却不差。格子间本就是一个飞短流长的滋生地，没过多久，杜小薇的来龙去脉，大家都弄得清清楚楚的。

我把这盆滴水观音放在我格子旁的过道上，杜小薇微笑着走过来,说,姐,这是什么植物啊?这叶绿得真好看!我不愿搭理她,只是机械地摇了摇头。

杜小薇在公司里,没有人缘,只有老总比较信任她,常夸她聪明、好学,刚来公司不久,业绩就直线上升。

那天,杜小薇从老总的办公室出来,走过我身边的时候,伸手弹了弹滴水观音叶片上的水珠,然后轻盈地转身离去。就在她转头的瞬间,我看见了她眼里含而不露的笑意。

果然,下午的时候,人事部发来通知,要在我们部门选拔一位部门经理。具体办法就是针对我们即将上市的新产品,写一份营销策划书,然后参加竞聘,采用多轮淘汰制。这无疑是个好消息,平静的格子间,突然起了一阵风,掀起阵阵涟漪。

坐在写字楼的格子间,每个人的心,都被这薄薄的木板隔着,看似平静的外表下,却是暗流涌动。大家都在为那个部门经理的位置铆足了劲。

为了做出一份与众不同的策划案,我连续熬了几个晚上,对这个部门经理的职位,我是志在必得。当这个经理的唯一目的,就是让王姐重新回到我们中间,王姐是公司的老员工,业务熟练,是公司里的功臣。每次看到滴水观音宽大的叶片上滚动的露珠,就会陡升一丝莫名的惆怅,总感觉那是王姐离去时,噙在眼里的泪珠。

几轮淘汰制下来,最后,就只剩下我和杜小薇了。杜小薇见了我,再也没有了往日的笑容,每次从我身边经过,眼里总会闪出一丝寒光。此后,大伙都发现,杜小薇总是拿着自己的文案,有事无事地往老总的办公室跑。看着杜小薇妖媚的背影,同事们向我撇撇嘴,小心了哈,有人要用美人计了。

虽然对杜小薇的行为有些不屑，但我还是不能掉以轻心。于是给王姐打了个电话，约她在“两岸”咖啡馆见面，让她给我的这份设计文案，再增加一些新颖的东西。

我去的时候，王姐还没有到。于是我拿出文案，边看边等王姐的到来。

不一会儿，王姐就到了，还在门外，就听到了她的笑声。我忙站起来，将王姐迎进来，说，王姐，还好吧？

哈哈！活着，就是最好的了！王姐还是以前那种大大咧咧的性格。

我把文案递给王姐，说，帮我再看看，这个职位我一定要拿下，那样，你又可以回来和我们共事了。

出乎我意料的是，王姐连看也不看我的文案，只对我说，知道我为什么走吗？公司要裁员，在我们部门，除了我，你们都是外地来的，每个人生活都不易，相比之下，在这个城市，至少我还有落脚之处。不是谁把我挤对走的，是我自己走的！

我有些惊讶地望着王姐，问，那不是杜小薇把你挤对走的？

当然不是啦！杜小薇虽然爱玩心机，但她本性不坏，她也有自己的苦处，父亲死得早，母亲体弱多病，弟弟又有残疾，这个家全靠她一个人支撑。或许，她比你更需要这个职位！

回到公司，杜小薇正在给滴水观音浇水，宽大的叶片上，晶莹的水珠一闪一闪的。看到它，我又想到了王姐，我终于明白，它为什么叫滴水观音了——因为懂得，所以慈悲！

回家的路上，我悄悄将文案扔进了路边的垃圾桶。

星星的邻居

18岁那年,妈妈将我带到一个陌生的地方。

走过一条长长的小巷,妈妈拉着我走进了一座低矮的平房。屋里虽然很黑,但很整洁。这是开关,这是厕所……妈妈一样一样地给我介绍着,并不厌其烦地教我怎样开开关,怎样冲厕所。这些我都会,很多时候,我会一整天对着一个开关不停地按,为此,我不知道按坏了家里多少个开关,多少盏灯。别人说我是怪人,可妈妈说,我是来自星星的孩子,是一颗小星星。

当我意识到妈妈要将我独自留在这里时,我拉住她的衣角大哭,妈妈挣脱我的手,将一张红色的钱塞在我手里,留下一句:"孩子,你要学会自己长大! 妈妈不可能永远陪着你。"然后很快消失在我的视线里。

望着妈妈离去的方向,我坐在门口号啕大哭。一个身穿黑袍的老太太从对面屋里走出来,指着我恶狠狠地说:"你再哭,信不信我放狗出来咬死你!"一阵凶狠的狗叫声适时地从屋里传来,我立马闭了嘴。小时候,妈妈为我买了一只小狗,被我虐待死了,从此,一听见狗叫,我就会全身哆嗦。

夜晚,看到对面老太太的灯熄了,我溜出小屋,在老太太门前的花台旁停下,然后狠命地将那些娇艳的花朵踩在脚下。我越踩越兴奋,越踩越带劲,完全沉静在自己的快乐里,忽然,老太太屋里的狗叫声吓得我赶紧回了屋。我习惯了摸着妈妈的头发睡觉，这次没有妈妈，我照样睡得很香，原因是今晚我狠狠地出了口心中的恶气，我期待着明天一早，看那个老巫婆气得跳脚的样子。

结局并没有我想象中的那么糟糕，第二天早晨，风平浪静的，透过窗玻璃，我看见老太太正在厨房里忙碌。一股馒头的香气直钻我鼻孔，引得我肚子“咕咕”地直叫，我情不自禁地来到老太太的窗外，盯着那一笼刚出锅的馒头咽口水。老太太看了我一眼，说，想吃吗？要吃拿钱来买，天下没有白吃的筵席。

我忽然想起妈妈临走前留了一张红色的钱给我，以前跟妈妈一起买过东西，知道那可以换吃的，连忙跑回屋拿钱给老太太。老太太给了我两个馒头和一沓零钱，她说，以后饿了，想吃东西就拿这些零钱来换，记住一次拿一张，多了我不给你。这个邻居老太太很奇怪，每次吃饭，她都要让我自己带碗，并一定要洗干净才肯给，我也养成了吃饭前要把碗洗一遍的习惯。

终有一天，老太太不再给我换吃的了，她说她没精力再多做一个人的饭，饿了，就让我自己去巷子口的饭店买吃的。我害怕见陌生人，没有勇气自己去买吃的。在饿了一天之后，老太太带着我来到饭店，指着一个胖女人对我说，以后，你就把钱给她，她会给你吃的。我鼓足勇气将一张钱给她，女人很热情地在我碗里盛满了饭菜。老实说，我还蛮喜欢这个女人的，她的笑就像妈妈的笑容一样亲切，不像身边这个老太太，永远是一副凶神恶煞的面孔。

很快，妈妈留给我的钱用完了，我再也没有钱吃饭了。我将内心的不满发泄在抽水马桶上，整个晚上不停地按，听着那哗哗的水流声，心里却无比的畅快。门外传来老太太的咆哮声和阵阵的狗叫声,我不敢开门,可老太太却不停地敲门,僵持了许久,我打开了门,老太太闯了进来,对着我大声吼叫。我惊奇地发现,平时那凶狠的狗叫声,竟是从老太太手里的红色壳子传出来的,原来这个可恶的老巫婆,竟用假狗来糊弄我。

第二天,忍受不住饥饿的折磨,我来到了那个胖女人的店里,她见我没带钱,还是给我盛了碗饭。吃完后,她对我说,这碗饭不能白吃,你必须洗碗来抵这碗饭钱。以后的日子,每次来吃饭,女人总会教我做一些力所能及的事情以抵饭钱,渐渐地,我学会了洗碗、拖地、摘菜……一个月后,女人给了我一些钱,让我去见我的妈妈。

是邻居老太太带我去见妈妈的,妈妈躺在医院的病床上,已不成人样。我将挣的钱塞给妈妈,妈妈哭了。她说,孩子,妈妈不能陪你了,你要谢谢这位奶奶让你学会了自立。

老太太摆摆手说,不要说谢谢,我们都有一个来自星星的孩子,做母亲的心都是一样的。

盲人画师

抚州出才子,汤显祖的《牡丹亭》演绎千古绝唱,今有盲人“画家”柳子寅古戏楼下妙手绘丹青。

柳子寅还没成为画家之前,只是抚州城里一个名不见经传的书画爱好者。那时的柳子寅眼还没瞎,对书画极度痴迷,在城南的古戏楼旁摆了一个地摊，说是卖画贴补家用，实则是自娱自乐，因为很少有人光顾他的画摊。父母为了他这一爱好，倾尽所有之后，不得在大街小巷捡拾垃圾维持一家人的生计。

因为一场疾病，柳子寅的眼睛忽然就看不见了，对于一个画画的人来说，没了眼睛就等于没有了生命。医生说要治好这个病，只有换眼角膜。可是，那一笔昂贵的手术费用如同一座大山，横亘在面前，让他望而却步。

看不见了的柳子寅，在家闲得发慌，无聊之际，他摸索着来到大戏楼边。画摊还在，以前摆摊的摊友看见柳子寅，热情地招呼他落座。坐在画摊前，柳子寅倍感亲切，禁不住拿出画笔，摸黑作了一幅画。刚一落笔，四周就传来阵阵掌声，柳子寅摆摆手说："你们就别嘲笑我了，我眼睛看不见，心里还亮堂呢，知道自己画得咋样！"

人群中一个中年男子说："先生的画真是了得，说个价，我买了！"

柳子寅说："使不得，使不得，随手涂鸦，拿不出手的。千万别说价，要就送你吧。"

中年男人塞给柳子寅一百元钱，卷起那幅刚作好的画就消失在人群中了。柳子寅摸索着那一张百元大钞，眼角竟有些湿润。

以后的日子，柳子寅依然每天去大戏楼边摆摊作画，以此来打发无聊的黑暗时光。与以前不同的是，现在只要柳子寅摊开纸作画，他的画摊前总是围满了看热闹的人，画作好了，马上就有人摸出钱将画买走了。渐渐地，柳子寅的名气就越来越大，抚州城几乎所有的人都知道古戏楼边有个盲人画家。

靠着卖画，柳子寅凑齐了移植眼角膜的手术费用。手术非常成功,经过一段时间的治疗,柳子寅又重见光明了。出院当天,柳子寅就迫不及待地来到昔日的画摊前,虽然许久没来,但画摊仍干干净净的。他知道是左邻右舍的摊友们趁他住院期间,在帮他打扫画摊。见柳子寅过来,摊友们都聚过来嘘寒问暖,让他非常感动。

让人奇怪的是,自从眼睛能看见之后,柳子寅的画摊前就冷冷清清的,再也没有以前那么热闹了。有人给他出主意:"要不你戴上墨镜,再做一回盲人,先挣点钱再说。"柳子寅把头摇得拨浪鼓似的:"君子爱财取之有道,我可不能做这种骗人的事。"

这天,柳子寅闲来无事,准备到处走走。走到一个小巷口,他看见几个小孩趴在一张画纸上玩。走过去一看,孩子们正在一幅画上随意涂鸦。柳子寅觉得这画眼熟,却又不知在哪里见过,就问:"小朋友,你们这画是从哪里来的呢?"

一个小朋友说:"是爸爸从一个盲人画家那里买来的。"

另一个小朋友也说:"我家也有,妈妈说那个画画的叔叔眼睛看不见,却能画画。我们这条巷子里几乎每家都买了那个盲人叔叔的画。"

柳子寅看那幅画的落款,果真有"子寅"两个字,再看那幅画,脸上不禁阵阵发烫。无论从哪个角度看,自己黑暗中摸索着画出来的画,都像是一个初学者的涂鸦之作。柳子寅在惭愧之余,不免有些感动,自己被冠以"盲人画家"之名,原来竟是抚州人对自己的帮助和鼓励。

柳子寅闭着眼睛,想重温一下自己曾走过无数次的这条通往古戏楼的盲道。走着走着,他的心越走越亮堂,一条特殊的道,让一群特殊的人找到了回家的路,一段特殊的经历,让他感受到了人世间的温暖。

不知不觉，柳子寅已走到了自己的画摊前，他睁开眼，感慨道："世间的道有千万条，每一条道都有它的尽头，这条盲道也不例外啊！人生啊，可不能一条道走到黑。"想起自己的父母，柳子寅明白了自己身上的责任。

自此之后，柳子寅再也没有在古戏楼旁出现过。有人问起，摊友们会说："这家伙，终于想通了，找了份工作，安心上班了。"

我爱过

清明，没雨，阳光便有些放肆。

子文站在阳光里，丝毫感觉不到一点暖意。纷纷扬扬的油菜花粉，染黄了他的头发，染黄了他的白色衬衫。在他的面前，是一座用青石垒起的坟墓，墓前，一块光洁的大理石石碑，在阳光下冒着金光。

子文慢慢地蹲下身子，将一束鲜花放在墓前，然后伸出右手，轻轻地拂去石碑上残留的油菜花瓣，"我爱过……"几个秀气的字，从他的指尖跳出来，刺得他的心疼痛无比。

字，是陈浩刻上去的，那是陈浩独特的字体，简简单单的碑文"我爱过……"是樱子临死前的心灵独白。

樱子，一个文静漂亮的女孩，曾是子文如胶似漆的女朋友，是陈浩心仪的女孩。至今，子文也没弄明白，与自己交往三年的恋

人，为何忽然间背弃自己，投入了别人的怀抱，而且是被自己视为兄弟的陈浩。

子文受不了此打击，放弃考研，一气之下，去了西部支教。这一去就是三年，本以为三年的时光足以改变一切，可无论时光怎样沉淀，都无法改变逝水流年里，那段青涩的爱恋。

这次，子文是趁清明放假，回来筹备婚礼的，抽空顺便来祭奠一下自己昔日的恋人。虽然，至今他都无法原谅樱子的背叛，也无法原谅陈浩的横刀夺爱，但毕竟自己曾经爱过。

子文站起身，拍拍身上的尘土，转过身，正准备离去。蓦地，一个熟悉的身影挡在了他面前。

子文，你？陈浩失声轻呼，三年了，你终于肯来看她了！

子文点点头，不看陈浩，视线却落在陈浩手里提的香烛与纸钱上。两个人站在坟前，许久不说一句话。当两双眼睛碰撞的那一瞬，两人都感觉到对方的眼里，燃烧着一团火，有仇恨，有埋怨。怒目对视间，气氛异常紧张。

一只蝴蝶，在樱子的坟上翩翩飞舞。也不知为什么，两个人的心竟被那只蝴蝶牵动着，紧张的空气瞬间松动了。他们不约而同地蹲下身子，在樱子的坟前点燃香烛纸钱，一缕青烟，顿时蒙眬了他们的双眼。

知道吗？樱子在这里等了你三年，坟头的草青了枯，枯了又青，樱子一直盼望着这一天。陈浩一边添加着纸钱，一边说。

子文有些错愕，随即讥讽道，是她于心不安，想求得我的原谅吧？告诉你，是你们伤了我的心，差点要了我的命。我来看她，是因为我要结婚了，我要幸福给你们看！

陈浩的心颤了一下，透过缕缕青烟，他看到子文脸上勉强堆起的笑意。你要是真的很幸福，樱子所做的一切，也是值得的！陈浩说。

樱子已经死了，早在她离开我的那一刻，她就在我的心里死去了！回首往事，子文的脸上充满恨意。

真的吗？要是真的那样，那你就太没良心了。你知道，樱子走得多不甘心吗？陈浩气愤地说。

子文怕待下去，两个人恐怕会打起来。于是，站起身，准备离去。他知道，过了今天，与樱子有关的一切，都将埋葬在这一堆黄土之下了。

陈浩见子文要走，忙拉住他，说，今天不把事情说清楚，你别想走！

这事奇了怪了，你们背叛了我，还要我把事情说清楚，这是何道理？子文用力甩掉陈浩的手说。

你知道，樱子是怎么死的吗？你知道，樱子临死前，说的最后一句话是什么吗？……话没说完，泪珠顺着陈浩的脸，轻轻滑落。

子文望着陈浩，说，我想知道！我想知道其中的一切！

两人在樱子的墓前席地而坐，陈浩说，樱子死于白血病，在查出白血病的时候，你正全力以赴地备战考研，她不想拖累你，就想出了这么一招，本以为，你会以此为动力，却不料你却因此而沉沦。你知道樱子的心有多痛吗？……樱子昏迷了几天，醒来的第一句话，也是最后一句话，是让我转告你，她很幸福，因为她爱过……后来，我把这三个字刻在了墓碑上，我相信总有一天，你会来的，你会看见樱子内心的守望，你会明白那三个字的全部意义！

子文默默地朝墓碑上看去，恍惚间，他仿佛看到，“我爱过……”三个字在阳光下，化作了樱子唇边的微笑。

做仓央嘉措的小情人

站在著名的布达拉宫前,她转动着面前的传经筒,吟诵着一首古老的情诗,一步一步地走进了300年前的一段光影流年……

那一夜,在拉萨八角街东南角的一个小酒馆里,来了一位英俊的小伙子,尽管穿着紫色的僧袍,却难掩他俊朗的风采。与其他僧人不一样的是,此人一点也不在意自己的身份,要了一壶酒,毫不避讳地在那自斟自饮起来,英俊的眉宇间紧锁着一抹淡淡的忧郁。

月色朦胧中,一位少女踩着冷清清的月光,掀帘进来。缭绕的风吹着她的长裙和她飘逸的秀发,有一股淡淡的幽香,笼罩在这个不大的小餐馆。

少女袅袅地走过去,一汪如水的明眸从僧人脸上拂过,浅浅地笑了一下,便坐下了。

僧人望望她,也笑了一下,嘴唇动了动,却把面前的一杯酒递给了她。

少女端起酒杯,轻轻地摇了摇,一股青稞的芬芳顿时飘散开来,荡漾在这寂寥的夜色中。

少女"咯咯咯"地长笑:"我知道你是谁,雪域最大的王,玛吉阿米心中最美的情郎——仓央嘉措!"

两个年轻人就这样相识了,他们在小酒馆里喝酒吟诗,好不快乐！欢乐的时光点燃了他们赋诗的激情，同时也让两颗年轻的心紧紧相偎。

夜深了，僧人和少女踩着厚厚的积雪向着八角街那座黄色的小房子走去，雪地上留下一串串交错的脚印……

她知道，那是仓央嘉措和她的小情人，他们去了那个埋葬了他们爱情的那所黄房子。在他们约会的黄房子里，佛已远去，清规戒律已远去，权力争斗也已远去。

她望着布达拉宫出了一会儿神，然后轻踱脚步，在雪地上慢慢行走，和飘动的经幡一起，摇曳生姿。

那一年，她疯狂地爱上了六世达赖喇嘛——仓央嘉措的诗句，同时也爱上了比自己大10岁的诗人轩。

他们相识于一场金秋诗会，站在台上的轩，深情地朗诵着仓央嘉措的情诗，台下的她被深深地吸引。她忘情地盯着面前这个儒雅的男人，仿佛看见了那个身穿紫红色长袍的达赖向自己走来。恍惚间，她就把自己当成了仓央嘉措的小情人。

轩是个情感丰富而又会写诗的男人，他的爱情诗常常让她有一种灵魂的渴求。她不在乎他有一个漂亮的妻子和可爱的女儿，她只在乎这个男人会写很多很多的情诗，每一首，她都用她滚烫的心把它一一收藏。

他们一处就是好几年，隐秘而快乐。两个人乐此不疲地还原着仓央嘉措和他的小情人的生活。他们在市郊租了一个小房子，每当夜幕降临，他都会踏着夜色叩开她的小屋，而她在小屋里早已备好了美酒，等待着自己的情郎。

有时她也会很遗憾地说，真想去仓央嘉措和她的小情人生活过的地方，感受一下雪域高原上最美的爱情。

这时轩就会很动情地拉住她的手,说,我就是你心中最美的情郎,有机会我带你去吧。

说这话之后,他们已经没有了机会。本以为很隐秘的恋情却在不经意间曝了光,他的妻子将他们堵在了那座小房子里。那一刻,她感觉到了仓央嘉措的小情人的绝望,看着心爱的情郎被一群僧人带走,而吉凶未卜,小情人的心中是何等的悲凉。

那之后,轩再也没有出现过。她也变得深居简出,远离了朋友、亲人,成为一个孤独的人,爱从此离她远去。而内心一直有一个强烈的愿望,去仓央嘉措生活过的地方,为自己的人生画上一个完美的句号。

她去了位于八角街尽头的黄房子。在那儿,除了几个毫无表情的僧人和四处拍照留念的游客,再也没有了穿紫色长袍的年轻诗人,和他的玛吉阿米。

她感受不到一点点仓央嘉措生活过的气息。失望之余,她拨通了母亲的电话,哭着说:"妈妈,我想回家!"

扶桑泪

马家迎亲的队伍吹吹打打过来的时候,院里的扶桑花开得正艳。奶奶顶着红盖头,端坐于扶桑花间,泪却无声地滴落在花瓣上。

丫鬟小翠走过来,俯身贴在奶奶的耳边说:"小姐,要不你逃吧?”奶奶的身子猛一抖,撩起盖头望着小翠:“能行吗?”

媒婆踮着小脚走进奶奶闺房的时候,房里已空无一人,大红的新娘服摊在床上,血红一片。随着一声惊呼,偌大的宅院炸开了锅:“新娘逃跑了!”

奶奶捧着一盆扶桑花,一路跌跌撞撞地向镇上的小学堂跑去。学堂门口,一位戴眼镜的高个男人迎住了她,奶奶扑进男人的怀里嘤嘤地哭泣:“带我走吧,去没有人认识我们的地方,恩恩爱爱,幸福一辈子!”

男人的眼中掠过一丝迷茫,面前这个会吟诗作文的女子,美丽,哀怨,让人心生怜惜。但生活不是童话,才子佳人的浪漫故事只会出现在虚构的梦里,自己拿什么来养活她呢?

最终,奶奶为了爱情,追随着她倾慕的男人来到了省城。在省城,奶奶将那盆从家里带出来的扶桑花放在窗台上,每天细心地照料。扶桑花花期短暂,但花事频繁,在花开花落中,奶奶已不再是那个为反对包办婚姻而敢于逃婚的女子,而是一个柔情似水的小女人,在生活上更是对男人极尽爱恋和依赖。爱情的甜蜜终究抵不过生活的窘困,面对惨淡的现实,薪水不高的男人无法养活自己的妻子,两个人常常在饥饿和贫穷中度过。做惯了富家小姐的奶奶,什么也不会做,只能抱着自己的诗文,成天奔波在各报馆之间,赚取一点小钱贴补家用。

终有一天,男人留下一句“我走了,你回老家吧!”的字条,悄无声息地走了。那时,奶奶拿着刚领的稿费,兴高采烈地回家。就在她打开门的一刹那,一朵鲜红的扶桑花正好从枝头飘落到她的脚边,奶奶捡起扶桑花抬头的那一瞬,就看到了那张正好被风吹起的纸条。淡淡的几个字,像一把锋利的刀子,插进了奶奶的

胸膛。

一连几天,失魂落魄的奶奶疯了一般,满大街寻找着那个男人的身影。不知道命运是怎样的兜兜转转,就在奶奶心力交瘁的时候,偏偏遇见了她逃婚的男人,那个马家少爷。孤苦无依的奶奶,像抓住了一棵救命的稻草,不可思议地投入到了他的怀抱。

马家少爷为奶奶支付了半年的房租,过起了与奶奶同居的日子。奶奶暂时衣食无忧,全身心地投入到自己的写作中,写作带给了奶奶意想不到的荣耀,奶奶一下成了人们眼中的才女。光环的外表下,掩饰不住奶奶内心的酸楚,时局的动荡,生活的艰辛,与马家少爷的种种矛盾,让奶奶看不到生活的希望。

很快,马家少爷身上的钱用光了,山穷水尽之时,马家少爷以回家拿钱为名,把身怀六甲的奶奶,孤零零地留在了省城。等待马家少爷回来的日子,奶奶一遍一遍地数着盛开的扶桑花,直到它们一朵朵凋零,马家少爷再也没有出现过。

失望的奶奶将一朵开得正艳的扶桑花,摘下来,狠狠地揉碎,一股殷红的液体瞬间从奶奶的指缝间流出来。当年我逃了你的婚,如今你逃了我的婚,是报复?还是轮回?奶奶无法想明白。

眼看着肚子越来越大,身无分文的奶奶,当掉了当年出嫁时母亲送给她的玉镯,然后租了一辆马车回到了家乡。

马车停在了奶奶的家门口,奶奶一进院子,就看见了满院子盛开的扶桑花。奶奶的眼睛有些湿润,她四处寻找着父母的身影。这时,一个老者从屋里出来,看见了她,问道:“姑娘找谁啊?”

奶奶说:“我找我爹娘。你是谁啊?”

老者说:“这儿没有你的爹娘,几年前,一对夫妇把房子卖给我家老爷,就不知去哪儿了?临走时,一再叮嘱要好好照看这些花花草草,说这是他们女儿的最爱!”

没有了爹娘,这儿已不是自己的家。奶奶坐上马车,来到了马家,气势恢宏的大门前,一对石狮子伫立在两旁。一个家丁见门口来了个要见马家少爷的孕妇,赶忙进去通报,出来的却是马家少奶奶。

奶奶正要上前探问,却一下惊住了,这马家的少奶奶怎么会是小翠呢?

七夕之夜

一到七夕,山村的萤火虫就格外地兴奋,拖着一闪一闪的尾巴,在夜空里飞来飞去。

根叔见不得这些发情的萤火虫在他的面前放肆,于是,就用一把大蒲扇满院子地驱赶它们。要搁在平时,根叔绝不会跟这些小昆虫过不去的。

早上,根叔坐在门槛上翻黄历书,翻着翻着,根叔的眼睛就亮了。七月初七,今天是牛郎织女相会的日子呢!根叔边翻边念叨着。念叨完了,根叔取下老花镜,踱进屋,往城里打电话。

接电话的是儿媳,听声音,儿媳好像刚起床,接起电话儿媳就问,爹,这么早打电话,有什么事吗?

根叔不能把自己的心事说给儿媳听,“喔喔”了几声,只得

说，让你娘接电话吧！

儿媳伸了个长长的懒腰，说，娘正忙着，她在给你的孙子热牛奶呢！有什么事就跟我说吧，我转告她。

两口子的事哪能跟你说呢。根叔心里这样想着，嘴上却说，没，没啥事。说完就匆匆地挂了电话。挂掉电话，根叔的心里空落落的，根叔是想根婶了。

根婶是去城里带孙子的，把根叔留在乡下看家。本以为带不了多久，根婶就能回来，可这一带，就是好几年，眼看着孙子该上小学了，根叔就想，现在该回来了吧。可儿媳妇说了，现在城里车多，人多，小孩子上学放学没人接送很不安全，那意思就是根婶还不能回家。

眼下，根叔坐在门槛上扳指头，扳着扳着，根叔眼里就有泪花在飞。他长叹了一口气，站起来，自言自语地说，从结婚起就没分开过，现在老了，倒成了牛郎织女了，牛郎织女每年都还有相聚的那一天呢！

正在这时，电话铃响了，根叔接起电话，根婶在电话那头急切地问，听媳妇说你一大早就打电话来，发生什么事了吗？是不是病了？

根叔呵呵地笑，没啥事，就是想你了嘛。你知道今天是什么节日吗？

我怎会不知道呢？七月初七嘛，鹊桥会，这个日子我哪会忘记呢？根婶说。

是啊，根婶不能忘记，根叔就更不能忘记了。年轻时的根婶是村里出了名的美人，而根叔却是一贫如洗的穷小子，两人的恋情自然遭到根婶家人的强烈反对。后来的一件事，让根婶的家人在感动之余，应允了这门婚事。

那是一个七夕之夜，村后的山坡上，一对恋人偎依在朦胧的夜色中，黑夜的静谧和淡淡的温馨笼罩在他们的四周。无数的萤火虫，点亮着一盏盏的小银灯，悠悠然在他们的身边飞来飞去。这时，根婶挣脱根叔的怀抱，伸手去抓这些可爱的小精灵，却不料一个趔趄滚到了山坡下，根婶的腿骨折了。以后的日子，根叔带着根婶走上了漫漫的求医之路，直至根婶完全康复。婚后每年的七夕，根叔都会带着根婶来到当年的山坡上，听牛郎织女的窃窃私语，享受温馨甜蜜的美好时光。

根叔捏着话筒，对老伴说，你咋就没想到今天回来一趟呢？

根婶说，走不了啊，孙子缠着，儿子媳妇要上班，还说下了班后又要一起出去过七夕，我怎么走得了呢？唉……

此时，根叔独坐在夜色中，萤火虫不理会根叔的心情，成双成对地在根叔面前跳舞。根叔累了，停止了对萤火虫的驱赶，躺在凉椅上看着满天的星斗发呆。

恍惚间，根叔似乎听到有窃窃私语声，根叔坐直身子，侧耳细听，又好像是女人的抽泣声。见鬼了，根叔站起来，围着院子走了一圈，却什么也没发现。幻觉，又是幻觉，这人老了，感觉好像什么都不是真实的了。

根叔正纳闷，一辆小轿车，打着强光向他驶来。根叔忙用手遮了眼，眯缝着眼问，谁呀？

爷爷，是我们呀。一个小孩的声音奶声奶气地从车里传出来。

车停下了，孙子、儿子、媳妇、根婶依次从车上下来。根叔揉了揉了眼睛，说，这不是真的吧，你们怎么会回来呢？

根婶擦了擦眼睛，说，是真的，这是儿子和媳妇的主意，我们回来一起过七夕！

孙子蹦跳着过来，把一个漂亮的小瓶子递给根叔说，爷爷，这个叫活体萤火虫，是爸爸妈妈在网上订来送给你和奶奶的。

根叔接过小瓶子，将萤火虫一只一只倒在老伴的手里，随着萤火虫一只只飞起，根叔的泪一下就滚了出来。蒙眬中，他仿佛看到根婶的眼泪也在夜空里飞舞。

母亲的心

圆圆给母亲留下一封遗书，就去了金佛山。

此时的金佛山正是一年里最美的时节，绵延的群山笼罩在皑皑白雪之下，整个金佛山就像是一个粉妆玉砌的世界，远近一片苍茫。

几天来，圆圆已经游遍了金佛山所有的景点，对这个世界再无任何留念的她，木然地走进了丛林深处。她要将自己融进这冰雪的世界里，然后跟随着那些飘飞的雪花，与这个世界说“再见”！

丛林里，除了圆圆奔向死亡的脚步声外，没有一点的声响，整个丛林就像一个千年的墓穴，死一般的沉静。

忽然，圆圆听到不远处传来一阵“沙沙”的声音，好奇心驱使着她循声而去，却见一个女人正吃力地铲着地上的积雪。圆圆走过去，轻声叫了一声，阿姨，你在干什么呢？

女人抬头看了看圆圆，说，我在堆雪人。

过了一会儿，女人又说，要不，你来帮我一下吧，我实在弄不动了。圆圆这才发现，女人没有双腿，整个身子匍匐在雪地上。

圆圆走过去，一边帮女人铲雪，一边说，阿姨，弄不动就不弄了吧，何必那么辛苦呢？

女人摇摇头，那可不行，再过几天就是我女儿的生日了，我要堆个雪人送给她做生日礼物，我女儿最喜欢小雪人了。

圆圆羡慕地说，你对你的女儿真好！

女人反问，难道你妈妈对你不好吗？

圆圆沉默了，许久不说话，只是默默地堆着雪人。在圆圆的记忆里，自爸爸走了之后，妈妈就没再笑过，对自己要求甚严，非打即骂。为显示对母亲的不满，自己就整天与一帮街头混混在一起，逃学、抽烟、喝酒、早恋，成了人们眼中的坏女孩。世间最亲的人都不爱自己，活着还有什么意思呢？圆圆时常这样想。

雪人堆好了，天也快黑了，女人说，明天再带条红围巾过来，这就是一个漂亮的雪人了，我女儿一定喜欢。这么晚了，你还是去我家吧。

圆圆本不想去的，但她又很想去看看，究竟是怎样的一个女孩能让妈妈如此疼爱。于是她跟着女人来到了女人的家。

圆圆在屋里走了一圈，问，阿姨，你家女儿呢？你家里的其他人呢？

女人指了指墙上说，我女儿在那里，她爸爸就在金佛山的景区里打工。

圆圆张大嘴巴，望着墙上那个漂亮的女孩，一时不知道说什

么好，跟着女人来到了厨房。女人看圆圆似乎有话要问，却欲言又止，就说，丫头，要问什么你问吧，阿姨没事的。

圆圆往灶里添了一把柴说，你女儿怎么了？

女人叹了口气说，我女儿死了！那天是她的十岁生日，为了堆个雪人庆祝一下，不小心摔下了悬崖，为了救女儿，我的腿也摔断并感染了，最后不得不截了肢。女儿没了，我的腿也没了，但我还得活下去，要不然，女儿的生日，就没人为她堆雪人了。

第二天，圆圆和女人来到雪人面前，不禁傻了眼，昨天还好端端的雪人竟倒塌了，用胡萝卜做的鼻子、嘴巴、耳朵散落在旁边。女人捡起地上的红鼻子，摇摇头说，估计是野兽来过，现在咱们还得重新堆一个更漂亮的。圆圆开始帮着女人堆雪人。

一连几天都是这样，圆圆不得不帮着阿姨重新堆雪人，在堆雪人的过程中，心情也平静了许多。这天晚上，圆圆出来找水喝，刚走到女人的门口，就听见女人在打电话。圆圆知道电话是阿姨打给她老公的，他们每天晚上都要通电话，她听见女人说，你让那妹子接电话吧，我跟她说说，让她不用再来毁掉雪人了，她女儿心情好了很多。

过了许久，女人又说，妹子，你放心吧，这几天，孩子陪着我堆雪人，她已经慢慢淡忘了那件事了。我知道失去孩子心中有多痛，给孩子一点时间吧，等她想通了自然就会回去了。在我们做母亲的心里，孩子都是我们身上掉下来的一块肉，没有好坏之分！

圆圆悄悄地退回自己的房间，泪水却止不住地往下流，原来母亲从来都不曾离开过自己。

第二天，圆圆说想回家，女人将她送出了丛林。就在走出丛林的瞬间，圆圆猛一抬头，就看见母亲站在不远处，正微笑地看着自己,在她的身后,美丽的金佛山被雪后的阳光映衬得光芒万丈!

圆圆喊了一声“妈妈”便扑向母亲的怀中。

拯　救

陈小二抽完最后一支烟,村庄已处在一片夜色朦胧中。

本来,陈小二想等到村子里最后一盏灯灭了再进村的,但一直等到整个村子都睡了,那盏灯还在漆黑的夜色中一闪一闪。陈小二不敢贸然进村,虽然这曾是他生活了二十年的村庄,但此时他的身份是逃犯,不是村民。十年的逃亡生涯,让他离村庄越来越远,要不是这里还生活着自己的母亲,他是打死也不敢冒这个险的。

这次他是专程回来看母亲的,因为在不久之后,他将与一批人偷渡去国外,再也不用过那种东躲西藏的日子了。临行前,他想最后看一眼母亲,与自己唯一的亲人道个别。

陈小二扔下烟头,趁着夜色偷偷地溜进了村里。十年的逃亡生涯,陈小二练就了走夜路的本领,他就像一只夜猫子,在伸手不见五指的夜里,凭着记忆中家的方向,轻盈地在村子里走着,连一只狗都没被惊动。

村子里已经大变样了,当年的小土屋被眼前伫立在黑暗中的小楼房所代替,虽然是夜里,但陈小二还是能够想象这些贴满白瓷砖的小楼房在白天里的模样。陈小二记得自己走时,村子里还很穷，年轻人都还没有出去打工，农闲时都窝在村口的黄果树下打牌。因为一张牌，陈小二与黄三发生了争吵，最后越闹越凶，骂上了祖宗三代，年轻气盛的陈小二拿起一块砖头向黄三砸去。这一砸，就砸出了人命，毁了两个家庭，陈小二卷起地上的赌资，趁乱逃离了村子，开始了他四海为家的日子。

眼前就是陈小二魂牵梦绕多年的家，先前看到村子里唯一没有灭的灯光就是从自家屋檐下发出来的。借着微弱的灯光，他看到自己的家还是原来的样子，房子虽然已经很破旧了，但院坝里收拾得干干净净。多年的逃亡让陈小二变得很谨慎，他没有贸然进屋，而是房前屋后转了一圈，毕竟十年没回家，屋里住的是不是母亲都还不确定，万一暴露了，那这几年的苦不是白吃了吗？

"啪"的一声，一根竹棍不小心地被陈小二踢倒了，陈小二迅速躲进了旁边的柴垛里。

"是哪个？"一个老女人的声音从屋里传来，接着是窸窸窣窣起床的声音。房门打开的一刹那，陈小二借着灯光看到了自己十年未曾谋面的母亲，母亲已经很老了，头发已白了很多，乱乱蓬蓬地顶在头顶，背也是佝偻着。陈小二再也抑制不住内心的激动，从柴垛里爬了出来，低头站在母亲面前。

显然，那个老妇人也被眼前这个胡子拉碴的男人吓了一跳，她往后退了一步，待看清面前这个男人就是自己离家多年的儿子，她忽然捂着脸嘤嘤地哭了起来。陈小二上前搂着母亲，任凭母亲在自己的怀里哭泣，他知道，这是母亲在宣泄积攒了十年的情感。

母亲整理了自己的情绪，为陈小二做了一碗鸡蛋面，看着陈小二边狼吞虎咽的样子，母亲很心疼，她说："我知道，你总有一天会回来的，我一直给你留着一盏灯，我怕你找不到回家的路。孩子，你吃苦了！”

“妈，我在外面过得挺好的，你不用担心。”陈小二安慰着母亲。

“孩子，要不你去自首吧，警察同志说了，只要你自首，是不会去抵命的。”

“妈，警察的话你也信？他们是骗你的，不过不用担心，马上我们就会有好日子过了，我去那边好好干，等落了脚我就来接你。”陈小二就把自己要出国的事和母亲说了。

眼看着天快亮，陈小二对母亲说：“妈，你多保重，我要走了，要不然天亮了被别人看见了，想走也走不了。”

母亲哀求儿子说：“儿子，不走不行吗？你这一走，妈怕是永远也见不到你了！”

陈小二不想与母亲多说，起身出了房门，刚走到院子里，就听到屋里“扑通”一声，接着是母亲痛苦的呻吟。

陈小二返回屋中，看到母亲摔倒在地上，忙上前查看，但母亲的脚摸也摸不得，一摸就痛得厉害。“摔下去的时候，我听见我的骨头嚓的一声，是不是断了啊？”看着母亲痛苦的样子，陈小二的心很疼。他背起母亲往镇医院奔去。

到镇上时，天已经大亮了，陈小二抱着母亲来到医院，医生让陈小二去挂号。母亲看陈小二走了，跳下床对医生说：“医生，我的脚没受伤，把你的手机借我打个电话”。母亲拿着手机，犹豫了一下，最终拨打了110电话。

陨　落

小城不大,奇人不少。城西东北角的戏园子里,吐火大师铁嘴阿章,与变脸王小元红更是奇人中的奇人,他们各自拥有川剧中最有嚼头的神秘绝技:吐火和变脸。

戏园子是座环境清幽的四合院,竹椅、铜壶、盖碗茶……把个小小的院落点缀得古色古香。每当夜幕降临,众多的川剧票友汇聚在此,为的就是一睹吐火大师与变脸王同台献艺的风采。

铁嘴阿章与小元红从出师之日起,就一直同台演出,从来都没分开过。他们谨遵师父的教导,演出时,吐火必须给观众一个真实的脸面,不能让观众觉得其中有诈。而变脸无论怎样变,都不能变出自己那张脸,因为观众已经知晓了面具下那张真实的脸,即使你能变出成千上万的脸,也提不起他们的欲望。

台上,他们配合默契。这边铁嘴阿章手一扬,轻轻一张嘴,一团火焰喷射而出,那边小元红一扭头,孙悟空手持芭蕉扇,燃烧的火焰瞬间熄灭。这边铁嘴阿章上下翻腾,突然吐出一条火龙,而那边小元红一甩长袍,就来了个貂蝉戏火龙。变脸的精湛技艺与吐火神功的诡异配合,加上传说故事的真实演绎,把台下的观众看得是如痴如醉,恍如隔世。

台下,卸了妆,他们是一对好兄弟,时常邀约一起去逛街。可是,每次逛街,都让小元红的心里很不是滋味。走在大街上,铁嘴阿章的那张脸，在人群中，总能一眼被认出来，却没有一个人认出他来。众多的粉丝把铁嘴阿章围得水泄不通，要求签名的，合影的，忙得铁嘴阿章不亦乐乎，倒是把他这个变脸王冷落在了一边。久而久之，小元红就不愿同铁嘴阿章一起逛街了。

世人的心里是古怪的，总有一些人，唯恐天下不乱，没有了他们，这个世界就不热闹了。这些好事之徒，总想在吐火大师和变脸王之间生出点事端来：记者们用他们敏锐的目光，捕捉到了这一信息，为能抓住读者的眼球，投其所好，于是，就约了铁嘴阿章，对他做了个专访。这个专访，小元红是个必不可少的人物，只是他不是主角，是记者朋友拿来衬托铁嘴阿章的。报纸一出来，铁嘴阿章是出尽了风头，而自己就像一个跑龙套的小丑一样。这让小元红在面子上很过不去，于是就萌生了离开戏院的想法。

有一家大剧院，得知了小元红的想法，他们出重金将他挖了过去。大剧院不比先前的那个小戏园，什么都要上档次。于是，小元红也精心制作了几十张不同的脸谱，红脸、白脸、黑脸、花脸……各种风格迥异的脸谱是应有尽有。来大剧院的大多是有钱的主儿，俗话说内行看门道，外行看热闹，这些有钱人大多看的是热闹，撑的也只是个场面。台上的小元红使出了十八般武艺，而台下的观者却是无动于衷。

日子久了，来剧院看戏的人越来越少。看着台下稀稀拉拉的几个人，小元红也没有了表演的激情，心不在焉的小元红在一次表演的时候，竟演砸了，把所有的脸谱都扯了下来。台下瞬间炸了锅，瓜子壳，茶杯一起向台上砸去，看着沾满茶叶末子的戏袍，小元红的脑子里一片空白。

小元红离开了大剧院，心情郁闷的他，来到了曾经与铁嘴阿章同台演出的那个小戏园子。此时，该是戏园子最热闹的时候，可现在却是静悄悄的，小元红有些奇怪，就问旁边正独自喝茶的戏园老板。老板长叹一声，哎！这吐火、变脸都是川剧一绝，只有同台表演才能发挥得淋漓尽致，才能真正吸引观众的眼球。你走了，铁嘴阿章的吐火技艺再怎么精湛，也没吸引力了，看久了，大家也就乏味了，最后铁嘴阿章远走他乡了。

听了老板的话，小元红猛然惊觉，原来这一切都是自己的错，为争一张脸，竟让小城的票友们再也看不到吐火、变脸同台竞技的精彩表演了。

不日，小元红也收拾了行李，离开了小城，去向不明。自此，小城再无身怀吐火、变脸绝技的川剧大师。

小　武

小武到我们村时，还是个细皮嫩肉的文弱书生。

小武不是村主任，是“村干部”。可老支书说了，还是叫村主任吧，叫村干部显得生分。

小武红了脸，说，就叫我小武吧，这样更亲切。

老支书忙摇头，哪能呢，你可是国家派来的，大小也是个干部，不能坏了规矩。你看，咱这儿除了满山的橘树，啥也没有，穷得很。

小武有些纳闷，这满山的橘树就是钱啊，村里咋还那么穷呢？

老支书叹了口气，说，哎，咱爷爷辈就开始在这山头山脑种植橘树，可惜交通不便，没人来收，年轻人都外出打工了，光靠我们这些老头老太太能弄几个出去卖？眼睁睁地看着橘子烂掉也没法子。

小武在村里转悠了几天，找到老支书说，我看，要脱贫，要致富，还得先修路。这些橘树就是我们最好的资源。

老支书说，修路，我们是想了很多年了，这么大的工程，那得要多少钱呢？

小武沉默半晌，说，再苦再难，路一定得修，我去找上面争取，看能不能拿出点钱来。

三天后，小武喜滋滋地拿着钱回到村里，小武对老支书说，要来的钱不多，你去发动群众有钱的出钱，有力的出力，大伙齐心协力把这条路修通了再说。

很快，一支由小武领导的修路突击队就成立了，全是打工归来的精壮汉子。开工那天，小武向老支书立下军令状，明年橘子成熟的时候，一定把路修到咱的家门口。

在修路的日子里，小武同队员们吃住都在工地，不分昼夜地忙碌着，一条蜿蜒曲折的羊肠小道一天天地在变宽变长。恶劣的环境，繁重的劳动，磨蚀了这些汉子的耐力，大家都学会了抽烟、喝酒，脾气也越来越暴躁。

阳光和山风也把小武变成了一个黝黑的庄稼汉，老支书看着小武晒黑的脸、隆起的肌肉，担心地说，你这个样子，怎么找媳妇哟，城里的妹子哪个看得上你啊？

小武嬉笑着说，我有媳妇了，不用再找了。

听说村主任有了媳妇，大伙儿围了过来，咋没听你说起过？

你媳妇长什么样?

小武从怀里拿出皮夹子说,你们看,这就是我媳妇!

老支书拿过相片,说,很乖的妹子嘛!等路修通了,我亲自去请她来咱这山旮旯来耍,吃橘子。

大伙儿好久没这么开心了,汉子们爽朗的笑声夹杂着锤子的欢快声在山野里回荡。阵阵山风亲吻着他们古铜色的肌肤,一股凉意在他们身上蔓延开来,让他们感觉心里好畅快哟!为了早日见到村主任漂亮的媳妇,大家是铆足了劲儿。

一天,趁大伙休息的时候,小武说,大伙加紧干吧,等工程竣工的时候,我媳妇说要来我工作的地方参观参观。

二柱凑过来怪笑两声,村主任,到时你媳妇来了,让她陪我们喝两杯,如何?小武不说话,只是抿嘴轻笑,随即高高举起铁镐说,兄弟们加油吧!

橘子飘香的季节,一条小公路直通到了村委会大门口。全村的人欢呼雀跃,而在欢乐的人群中唯独没了老支书的身影。

老支书一路打探,终于来到了小武的家。他向隔壁的大婶询问,请问,小武的媳妇住哪儿?

大婶疑惑地看着面前这个老头,说,你搞错了吧!小武婚都没结,哪来的媳妇呢?

老支书说,小武的媳妇,我见过的,很乖的一个妹子,大眼睛,长头发。

大婶似乎明白过来了,“哦”了一声说,那是他女朋友,早吹了,从他决定去做村干部的时候就吹了。这个败家子,不声不响地把城里的婚房给卖了,拿钱去修路,那可是他爹妈一辈子的心血啊!

老支书明白了，原来小武拿回的钱是他的新房款啊！回到村子里，看着满山的橘子沉甸甸地挂在枝头，老支书捂着脸呜呜地哭了起来。

寻找爸爸的鱼儿

鱼儿是瞒着奶奶，偷偷溜出家门的。八岁的鱼儿要去找爸爸。

吃饭的时候，鱼儿问奶奶，爸爸在哪里上班，为什么老不回家？

奶奶摸摸鱼儿的小脑袋，说，有天车的地方就有爸爸。鱼儿拍着手，唱起了奶奶教的，改了词的儿歌“天车高，天车长，爸爸就在天车旁……”

鱼儿的爸爸是辊工，每天的工作就是爬到高高的天车上，用蔑条编制的尾索加固井架，然后将松动的地方敲紧、固定。别看那些天车都是用木头和竹篾捆扎而成的木头支架，可每一座都有上百年的历史了。眼下，马上就要进入雨季了，为了保护这些非物质文化遗产，鱼儿爸爸已经好久都没回家了。

再过几天，就是妈妈一周年的忌日了。妈妈生病时，爸爸曾答应过，要给妈妈买那个紫色的音乐盒，可直到妈妈离开，音乐盒也没买成。昨天，鱼儿去了那个精品屋，那个音乐盒还在。他对卖货的小姐姐说，过两天就拿钱来买，他还央求小姐姐打开音乐

盒，让他听听里面的歌。可小姐姐不同意，说音乐盒是不能随便打开的。

鱼儿怕爸爸把这个日子忘了，他想亲自去提醒爸爸。鱼儿记得，出了城，顺着河走，就能看到那些逶迤在河边山坡上的天车。于是鱼儿决定出城去找爸爸。

正午的太阳，挂在头顶，明晃晃的，刺得鱼儿睁不开眼。鱼儿的脸上铺了一层金光，金光在他额头的汗珠里不停地跳动，亮亮地闪。鱼儿将一片芭蕉叶顶在头顶，小小的背影在阳光下移动。

渐渐地，鱼儿就远离了城市，走进了绿色的田野。野草的清香，夹杂着泥土的气息，一层一层，在鱼儿的身边弥漫开来。鱼儿兴奋地撒开脚丫在田埂上飞奔，惊起草尖上的蝴蝶，围着他翩翩起舞。

鱼儿边走边玩，不知不觉，已走到太阳落了山，可还没看见天车的影子。鱼儿有些急了，他爬到高坡上，踮起脚尖，往远处张望，他的目光掠过低矮的山岗，滑过一片葱茏的原野。他看见了一群白鸽，低低地从升起袅袅炊烟的农舍上空飞过，鸽哨阵阵，碾过夕阳下的天空，碾得鱼儿的双眼潮潮的。他想起了妈妈，没有音乐盒，妈妈一个人在那边，该是多么的寂寞啊！

鱼儿从山岗上下来的时候，天已经快黑了。刚才还在夕阳下飞来飞去的白鸽，转眼的工夫就隐遁得无影无踪。夜游的生命，窸窸窣窣地在鱼儿的身边久久不去。此时的鱼儿，像受到惊吓的小兔子，微张着嘴，任泪水肆意地滚下来，却不敢哭出声。他害怕自己的哭声引来更多的飞虫野兽。

不远处，有户人家，微弱的灯光在夜幕里忽明忽暗。鱼儿停住了抽泣，摸索着，朝灯光走去。走进院子，鱼儿见一个老爷爷在昏黄的灯光下，正哧溜哧溜地吃面。鱼儿“哇”的一声就哭了，鱼儿的哭声惊得老爷爷的手一颤，一双筷子跌落到了地上。待看清面前是个脏兮兮的小孩后，老爷爷走到鱼儿面前，问，天黑了咋不回家？乱跑啥？

鱼儿止住哭，说，找爸爸！可我从城里出来，走了这么久，怎么就没看见一座天车呢？

老爷爷将小男孩拉进屋，说，找天车做什么？咱们这儿可没有天车。东边的麦子山上，有好几座天车呢，你方向搞反了。

鱼儿抽泣着，说，奶奶说了，有天车的地方就有爸爸，爸爸是天车的保护神。

老爷爷“哦”了一声，就给鱼儿弄吃的去了。此时的鱼儿是又累又饿，吃完饭，就斜倚在旁边的沙发上睡着了。

鱼儿是天还没亮的时候，从老爷爷家里出来的。来不及同老爷爷打声招呼，就朝着东边又去找爸爸了。

最终，鱼儿找到了天车，却没能找到爸爸。天车旁，空荡荡的，一个人也没有。

回到城里，鱼儿决定先去看看那个音乐盒还在不在。远远地，鱼儿就看见，一个小女孩拿着那个音乐盒正出来。鱼儿找到卖货的小姐姐说，那是妈妈的音乐盒，找到爸爸，我就会有钱来买了。小姐姐没理他，忙着招呼客人。

小女孩打开音乐盒，一个奶声奶气的声音从盒子里飘出来。鱼儿记得，那是妈妈教自己唱的第一首歌《世上只有妈妈好》。

鱼儿一直跟在小女孩的身后，听那首歌，听着听着，他终于明白了，妈妈为什么喜欢这个音乐盒了。

坚　守

小城东面有座大戏楼,历经了两个多世纪的风风雨雨,早已是破败不堪,但它却是七十五岁的肖婆婆一生的坚守。

每天午饭后,肖婆婆总会搬把椅子在戏楼上眯一会儿。一会儿想着该给北京的儿子打个电话了,一会儿又想着电话打通之后该怎样跟儿子说自己不去北京养老呢?

肖婆婆一时还真不晓得该怎么办。儿子在电话里说,北京比老家好,北京有故宫,有颐和园,有天安门……可是儿子亲口说过,北京的天安门就像咱们这儿的大戏楼。

肖婆婆记得,那年儿子从北京回来,一放下行李就迫不及待地给她讲北京的天安门。

“娘,你知道北京的天安门是什么样吗?”儿子一边帮着她择豆角,一边问。

肖婆婆摇摇头说:“我又没见过,咋会知道什么样?”

儿子放下豆角,站起身双手比画着:“天安门城楼有三十多米高,门拱,梁柱上雕刻着很好看的图案……”肖婆婆看着手舞足蹈的儿子茫然地摇头。

见母亲还是不明白,儿子指着离家不到十米的古戏楼对母亲说:“娘,北京的天安门就是那个样子的,也有这种朱红色的大柱子,牌匾上的雕花也是这个样子的,还有那房顶上的琉璃瓦也和这一模一样的。广场就和这戏台前的坝子一样又宽又大。”

肖婆婆“哦”了一声说：“原来天安门就是这个样子的呀。”

从此，在肖婆婆的心里，北京的天安门就和这里的大戏楼没什么两样，就是叫法不同而已。以至于后来从电视上看到北京的天安门，肖婆婆依然固执地认为那就是咱们这儿的大戏楼，只是修得更大更漂亮一点。

眼下让肖婆婆烦心的事儿是一件接着一件，先是儿子一天一个电话要接自己去北京养老，说是留下她一个人在这不放心，可自己压根就不想去。

肖婆婆很想让儿子明白自己的心思，可有些事儿子是永远也不会明白的。

就拿这眼前的古戏楼来说吧，虽然已经很旧了，雕花和牌匾都没有了，但自己对它那份感情是无论如何也抹不去的。这楼阁一样的戏台上仍留有自己当年的倩影，缠绵着那段凄美的爱情故事。在那兵荒马乱的年月若不是靠了这戏台唱戏，自己和儿子或许早就饿死了吧，这一点是无法三言两语和儿子说清的。

现在有件事让她不得不给儿子打电话了，政府旧城改造，要将这经历了两百多年风雨的戏楼给拆了。

给儿子打电话的时候，肖婆婆的声音里带着哭腔。儿子在电话那头“哦”了一声，肖婆婆就哭开了：“儿子，出去这么多年了，你还是回来一趟吧。看看这古戏楼，以后拆了就再也见不着了。这儿可是你的根啊！”

儿子回来的时候，这条街已拆了一半，到处飞扬的尘土呛得他连声咳嗽。站在自家的门口，大门开着，他朝屋里喊了两声：“娘，娘！”却没有人答应。于是他穿过堂厅，走到里屋，也不见

人。屋里收拾得干干净净的，一点都没有要搬迁的迹象。放下行李就直接去了戏楼，他知道母亲一定会在那里。

二十多年后，再次站在这座历经沧桑的古戏楼前，儿子的心里有着一种莫名的酸楚。种种往事历历在目，台上是母亲悲悲切切的吟唱，台下一群小孩追着自己喊："野孩子，野孩子……"那时自己就曾发誓长大后一定要带着母亲离开这个伤心地，可母亲无论如何也不肯离开这儿。

此时，肖婆婆正趴在戏台的栏杆上擦拭着上面的灰尘，看见儿子站在戏台下，她微笑着向儿子扬了扬手中的手帕，但她没看到此时儿子的眼泪正滴落在脚下的尘土里。

儿子举起相机为母亲留下了一张珍贵的照片，他知道这以后母亲心中的天安门就只能在照片中去寻找了。儿子的心随着相机的咔嚓声，也跟着抖了一下——母亲做梦也不会想到，坚守了大半辈子的古戏楼将会以另外一种方式存活在她今后的生活里。

生命的缺口

接到父亲病重的消息，山娃竟没有一丁点的悲伤，相反，却有一种说不出的快意。

要不是母亲三番五次地打电话催他回去，山娃是绝不会回去看父亲一眼的。父子间的裂痕究竟有多深，只有山娃自己知道。

如果说，在十岁之前，山娃与父亲的关系似一条绵软、温暖的丝绸的话，那么，在十岁之后，他们的关系就如一条绷直的绳索，坚硬而冰冷，随时都会断裂。

山娃还清晰地记得十岁那年的夏天，天气格外闷热。一天中午，趁父母午休的时候，山娃带着七岁的弟弟去离家不远的河边玩。那时，刚下过一场暴雨，河水浑浊而湍急，兄弟俩被岸边一丛肥硕鲜嫩的侧耳根吸引。弟弟说，哥，我们把它扯回去，让妈妈拌来吃，好不好？

山娃点点头，于是，两人趴下身子，掰开被河水冲刷得很松软的泥土，扯出一根根白白嫩嫩的侧耳根。就在这时，松软的河岸忽然坍塌，兄弟俩双双滚入河中。

听到呼救声，他们的父亲赶到河边，见两个儿子在河里挣扎，来不及多想，跳入河中，向离岸较远的山娃游去。父亲将山娃救上岸后，回身再去救小儿子，却不见了小儿子的踪迹，发了疯的父亲在湍急的河水中钻上钻下，几次被呛得差点背过气去。闻讯赶来的乡亲将父亲拽上了岸，并在下游将弟弟的尸首打捞上来。

弟弟走了，带走了父亲的半条命。自那以后，父亲的身体大不如从前，看山娃的眼神也捉摸不定，常常是在吃饭的时候，忽然就停了下来，盯着山娃看，看得山娃心里发虚。父亲的脾气一天天坏起来，总是无缘无故地打骂山娃，山娃的日子过得很压抑。

读初二那年，山娃发觉自己的下巴长出了一圈绒毛，这些毛茸茸的东西，一天天地往外长，让山娃很难为情。于是他偷了老师的刮胡刀，回家后，躲在屋里对着镜子刮胡子。

这一幕恰巧被父亲撞见了，他质问山娃：哪来的刮胡刀？山娃只得实话实说。

父亲的火气"噌"地上来了，边打边骂："敢偷东西，看我不打

死你，不学好，当初就不该救你！”山娃边躲边说明天就还回去，气头上的父亲半句也听不进去，发着毒誓要打死他。

父亲将山娃告到了学校，学校对山娃做了记大过的处分，因为老师的那把刮胡刀价值不菲。山娃在学校里再也没脸待下去了，只得辍学回到了家中。从那之后，山娃开始憎恨父亲，时常有意地顶撞他，父子俩的关系已到了水火不容的地步。

小小年纪，山娃就南下广州，从泥瓦匠一直干到包工头，其间的苦，只有他自己知道。隔那么几年，他会回一次家，看望母亲，拜祭爷爷、奶奶和弟弟。他躲着父亲，父亲也躲着他，父子间隔着一堵墙，谁也无法拆开。为缓和矛盾，他曾给父亲买过一瓶酒，可是几年之后再回去，那瓶酒还是原封不动地放在柜子上，这让他彻底寒了心，从此，心中再也没有父亲这个人了。

山娃走进家门的时候，父亲蜷缩在床上，犹如一堆干枯的稻草。母亲对他说，去给你爸说句话吧。山娃不动，站得远远的。

母亲又说，别怨你爸，你爸的心里有个结，那时，你弟弟就在近前，只要他一伸手，就能抓住他。但为了救你，失去了亲生的儿子。

山娃说，难道我不是你们亲生的儿子吗？

母亲压低声音说，你是我们抱养的。你走后，你爸很想你，你买的酒他一直舍不得喝，说是等你回来一起喝，只是你不给他这个机会。他心里的结没法解开，你又时常与他对立，同他是一对冤家。

山娃朝父亲看去，和父亲的目光碰到了一起，父亲赶忙闭了眼，原来父亲一直在偷偷地看自己。

冷，好冷。父亲喊着，身子在微微地颤抖。山娃跳上床，将父亲紧紧搂在怀中，想用自己全部的热量去温暖父亲，去解开他心中的结，以弥补这些年来父亲缺失的亲情。但父亲还是在他的怀中渐渐变冷。

父亲的离去，在山娃的心里撕开了一道口子，疼痛异常。抱着父亲冰冷的躯体，他分明感到一种久违了的温暖从父亲生命的缺口里，渗透到了自己身上。

乡村守望者

夏日的天空极为幽蓝高远。正是水稻扬花的季节，村庄处处弥漫着稻花的芬芳。

陈老爹蹲在稻田边，用一块青石擦着一把弯弯的镰刀，镰刀已经被擦得很亮了，亮得能照出人影。青石与镰刀的嚓嚓声，一声一声的，在陈老爹听来就像是在做最后的告白。

陈老爹的心里很茫然，眼前的水田除了自己和刘婶家的仍种植水稻外，其余的都承包给了外乡人种西瓜。陈老爹想不明白，上好的地为什么要用大棚严严实实地遮起来，没了阳光，那作物还能生长？好端端的田不拿来种水稻，却要包给外人来种西瓜，农民没了土地那还叫农民？在陈老爹看来，有地，就有粮食，有了粮食，啥都不愁。

陈老爹的田紧挨着刘婶家的田，每次看着这两块田，陈老爹的心里就有些歉疚，就觉得对不住刘婶。

土地承包下户那年，陈老爹和刘婶的男人负责量皮尺，埋界石。那时土地可是农民的命根子，巴不得自己的地儿能一宽再宽，于是，陈老爹耍了个心眼，在埋界石的时候，偷偷地向刘婶家那面挪动了一尺左右。

刘婶是在插秧时发现这问题的，两边埋的界石不一样，一边是自己男人埋的，一边是陈老爹埋的。刘婶问过了自家男人之后，确定是陈老爹干的，就气呼呼地去找陈老爹算账。

刘婶找到陈老爹时，陈老爹正哄两个饿得直哭的孩子。刘婶责问陈老爹界石是怎么回事儿，陈老爹撂下两个孩子，走到院子里吧唧了两口旱烟，答道，我怎么会知道？

说着说着，两个人就在院子里吵了起来，就差要动手动脚了。两家的恩怨就此结下了，以至于每到收割的季节，为了这一尺宽的谷子，两家总要闹上一回。

一群麻雀轰地落在了陈老爹的稻田里，陈老爹放下镰刀，拿起一根长长的竹竿驱赶麻雀，麻雀又轰的一声落在了刘婶的稻田里。陈老爹站起来，想去驱赶刘婶稻田里的麻雀，却犹疑着停住了脚步，是去还是不去呢？去吧，都闹了几十年了，还真拉不下这个脸面。不去吧，刘婶这几年也真不容易，男人死了之后，一个人拉扯个孩子，眼看着日子熬出头了，却不料孩子也死了。想到刘婶，陈老爹不禁想到了自己，要不是自家女人走得早，留下两个嗷嗷待哺的孩子，自己何至于为了那一尺宽的谷子，闹得两家人不愉快呢？想到这儿，陈老爹笑了，向刘婶的稻田里挥起了竹竿。

意外就在这时候发生了，在驱赶麻雀的时候，因为用力过猛，陈老爹脚下突然一滑，就扑到了稻田里，刚扬花的水稻便在他的身下倒下一大片。他爬起来顾不得全身湿漉漉的，赶忙将倒下的水稻扶起来立好,这要是被刘婶看到了,那还了得,还不认为自己是故意的,到时跳到黄河也洗不清了。

一阵轻微的脚步声让陈老爹停了手,他抬起头,却见刘婶站在田埂上望着他,别扶了,没用了。

陈老爹赶忙申辩,我不是故意的,我真不是故意的。

刘婶捡起竹竿,说,我知道你不是故意的。我见你摔下去了半天没起来,还以为你出事了呢!

陈老爹爬上来,拧着身上的水滴,叹道,哎,都是这些大棚闹的。

可不是,自盖上了大棚,麻雀就只光顾咱这两块稻田了,要不守着,这些谷子早被吃光了。刘婶说着一挥竹竿,一群麻雀就四散开去。

陈老爹不哼声,拿起青石和镰刀又开始擦起来。

刘婶抢过来说,别擦了,反正都最后一季了,以后再也用不着了。

阳光清清淡淡地泻了一地,陈老爹眼前的两块水田,变成了好大一片,金黄金黄的稻谷铺满了村庄的角角落落。陈老爹揉揉眼睛,竟是湿漉漉的。

白云深处

山风吼叫了一阵之后,白云寺便躲进了一片云海之中,渐渐地,白茫茫一片,天地一色。

山崖边,那个中年男子已经站了一天。云海在他的脚下翻滚,松涛在他的耳边低吟,可他就像一个木头人一样站在那里一动不动。

眼看着夜幕慢慢地把他包裹起来,白云寺的老和尚来到他的身后,对他说,施主,请回吧!

中年人回过头来,面无表情,不答话。

你想死?

中年人重重地点了下头。

你真想死?

中年人"哇"的一声哭了,我一无所有了,我真不想活了!生意破产了,老婆带着孩子跑了,我活着还有什么意思啊?

老和尚微微一笑,我看你并不想死,还是跟我回寺里吧!

中年人迟疑了一下,便跟着老和尚走了。

到了寺里,老和尚从瓦罐里倒了一碗柠檬茶给中年人。中年人刚喝了一口,就皱了皱眉——好酸好涩!

施主别急!你再品品看。中年人又喝了一口,更酸更涩!

老和尚笑着说,看来施主是真的不想死啊!如果你心已死,你是喝不出任何味道的！能品出柠檬茶的酸涩，说明你的心还没有死，你还留恋尘世间的一切！

可是，我真的想死啊！我遭遇了世间所有的不幸，你说，我活着还有什么意义？

老和尚拍拍他的肩，说，如果你真想死，你就不会在崖边待上一整天了，早就跳下去了！

这以后，中年人就在白云寺住了下来。老和尚也不让他闲着，每天就让他去修剪花圃里那些枝叶繁茂的万年青。中年人也很喜欢做这件事，毕竟，比起商海中的尔虞我诈，这倒是一件淡泊心境的好差事。

每天清晨，老和尚都要在那个漆黑的瓦罐里泡上一壶柠檬茶。然后，等中年人干完活之后，两人一起来到悬崖边，一边喝茶，一边看云海日出，有时他们也会在云雾缥缈中杀上一两盘棋。

日子就像身边的流云，飘然而过。渐渐地，中年人喜欢上了喝老和尚泡制的柠檬茶。

一天，中年人喝了一口柠檬茶，并在嘴里咂巴了一会儿，说，奇怪了，最初喝这柠檬茶是又酸又涩，怎么今天喝来，却是一股酸酸甜甜的味道。

老和尚抿了一口，笑了，以施主当时的心境，给你一杯糖水，你喝出的也是一种苦味！

中年人不好意思地笑了，说，没想到在这高高的白云山上，还藏着你这样一位禅悟人生哲理的高人啊！

呵呵，什么高人啊！人活一世就靠一个"悟"字。懂了这个字，你就不会活得很累了。老和尚幽幽地说着。

转眼间，已是秋去冬来，白云寺覆盖了一层厚厚的积雪。寺

庙外，大朵大朵的雪花忽忽悠悠地往下飘，而寺庙里，老和尚和中年人正围着火炉一边品尝着柠檬茶一边烤火。

中年人端起碗喝了一口柠檬茶，随即又吐了出来，这，这……是怎么回事儿？

老和尚问，怎么了？

今天的柠檬茶怎么又酸又涩啊！？

老和尚哈哈大笑两声，说说有什么不一样？

中年人又喝了一口，说，跟以前喝的是不一样，以前的不仅能喝出酸酸甜甜的味道，而且还能喝出淡泊和宁静的心绪，怎么今天这个味道有点怪？

老和尚站起来，拍了拍中年人的肩说，恭喜你！你能喝出柠檬茶不同的味道，说明你已经彻底走出了以前的阴霾。实话对你说吧，以前我们喝的都是白云山的柠檬，今天我换了别的地方产的，被你喝出来了，你可以下山了。

中年人急了，我不想下山！我已经失败过一次了，我不想再卷入那个尔虞我诈的世界了，还是让我留下吧！

老和尚摇了摇头，指着那些被大雪覆盖的万年青说，看到那些树了吗？以前无论你怎样剪它，压它，它都能重新冒出新芽。现在它虽然盖着厚厚的积雪，但是等到来年春天，它依然能焕发新绿！那是它的根还在！

三天后，昔日的柠檬大王再一次出现在了白云山柠檬生产基地。

浪漫在远方

听见了吧，这歌声好伤感！女人倚在窗前，望着楼下广场上那对卖唱的小情侣，对正要出门的男人说。

男人回过头，神色漠然地看着女人，说，别人的事你少管！还是管好你自己吧，别整天神经兮兮的，弄得跟怨妇似的，看着都让人烦！

随着男人的关门声，偌大的房子一下子空旷起来，给人一种静寂荒凉之感。幽暗中，女人有着一种露宿街头的凄惶。

女人看着男人的银灰色轿车，绕过广场，穿过九曲桥，然后飞快地向城西驶去。这条路女人很熟，她曾经无数次地沿着这条路跟踪过男人。在某个小区里，她曾看见过男人和那个女人，还有一个长得跟男人一模一样的小男孩。

女人不怪男人，只怪自己的肚子不争气，结婚十余年，竟没给男人生下一男半女。

女人长叹一声，眼中竟蓄满了泪水，却没有哭出一点声来，只是望着广场发呆。

广场上，那对小情侣还在唱。男孩弹着吉他，配上女孩低沉的声音，街灯的光影中，那歌声听来如梦似幻，仿佛来自苍穹。

女人抓起皮包，趿着拖鞋来到广场。在那对小情侣的面前，她看见，一个盒子里装着他们今晚的收获。盒子的旁边，是一张精心制作的图片，图片上是美丽的雪域高原，和几个“浪漫在远方”的娟秀字迹。

女人从皮包里掏出一张银行卡，递给他们说，这里面的钱，足够去完成你们的浪漫之旅了，收下吧，有了它，你们的愿望就可以早日实现了。

男孩将卡还给女人说，阿姨，我们只想靠自己的能力来实现我们的梦想，让那美丽的雪域高原来见证我们浪漫的爱情。

女人收起了卡，眼中闪过一丝光芒，就像在追忆那曾经逝去的青春岁月，和那段艰难而温馨的甜蜜时光。

女人想起刚毕业那阵，没有找到工作，自己和男人就在这广场上摆摊。那时这里还不是广场，而是一条拥挤的小街，小街的某个角落，有她和男人相依相偎的身影。后来，小街上禁止摆摊，男人就自制了一个手推车，将所有的货都放在那个手推车上。他们成了小街上流动的摊贩，只要看见城管一来，推起车就跑，方便得很。那时每天都在惊心动魄中度过，却一点儿都不觉得苦，相反还感觉蛮幸福的。

女人苦笑了一下，从皮夹里抽出一张百元的钞票，放到那对小情侣的盒子里。在小情侣的谢谢声中，女人脚步轻盈地回到了家。

以后的日子，女人每天都会来送上自己的一点心意，然后就静静地待在一旁，听他们用歌声诠释彼此心中的爱恋。有时候女人就会想男人，想得心灰意冷时，就想带着那个小男孩消失，让男人也去过那种痛不欲生的生活。

终于有一天，广场上，没有了那对小情侣的歌声。女人落寞地倚在窗前，感觉整个世界特别寂静，寂静得让人窒息。那感觉就像濒临死亡的人，在做最后的挣扎。

一个月后的晚上，女人正蜷缩在被窝里想心事。忽然，窗外飘来久违了歌声。女人兴奋地跳下床，撩开窗帘，她看见了男孩孤独的背影，女人有些诧异，慌忙穿好衣服跑下了楼。

女人问男孩，怎么是你一个人，你女朋友呢？

男孩的眼里闪着泪光，答一句“死了”，就再也说不出话来。

从男孩那里，女人得知，女孩得了白血病，在生命的最后时刻，他们决定将爱情放逐到离天堂最近的地方。但他们没有钱，为了完成心愿，只得出来卖艺乞讨。然而，心愿还没完成，女孩就去了。

女人看到男孩眼里闪着泪光，心疼地说，傻，你们真傻。我有钱，我可以帮你们治病，可以去远方。可你们为什么不接受呢？

男孩说，阿姨，谢谢你！我们只想靠自己的能力去完成我们的浪漫之旅。爱情靠施舍，会玷污了它的纯洁！

男人回来的时候，女人拿出早已写好的离婚协议，让男人签字。男人看了看，有些惊讶，你一直控制着我的经济，怎么现在你什么都放弃了？

女人说，签吧，我已经签了，就等你了。

男人有些犹豫，说，要不，我还是补偿你一点吧，这样我才安心。

女人把脸扭向一边说，不必了！给再多的钱，也买不回曾经的浪漫了！

风信子之舞

朵朵天生木讷，说话做事总比别人慢半拍。朵朵的爸爸妈妈都是精明的商人，有了弟弟之后，他们就不喜欢朵朵了，于是把她送到了乡下奶奶家。

在奶奶家，朵朵没有玩伴。奶奶给了她一个漂亮的小花盆，盆里探着一个嫩绿色的小脑袋。朵朵问奶奶，这是什么？

奶奶说，这是风信子。你好好养它吧，等它长大了，就能开很多很漂亮的花，那时你的爸爸妈妈闻到了花香，就会来把你接回去了。

朵朵小心翼翼地接过花盆，望着奶奶，天真地问，真的吗？

奶奶点点头说，是啊！他们会说，瞧，咱家朵朵真能干，居然能养出这么漂亮的花来！

朵朵把这盆风信子当宝贝，把它放在睡觉的床头，每天醒来的第一件事就是给风信子浇水，因为奶奶说过风信子是很害羞的，喜欢喝很多的水。每天晚上，朵朵总能梦到风信子开了，妈妈将一朵一朵的风信子摘下来，编成了花环戴在自己的头上。

然而，朵朵的风信子还没开花，奶奶就永远地离开了，朵朵回到了爸爸妈妈身边。爸爸是个大忙人，朵朵很少见到他，而妈妈的眼里只有弟弟，没有朵朵。朵朵就像是捡来的小猫，怯怯地生活在这个家里。好在还有奶奶留给她的风信子，她细心地照料着它,她相信奶奶的话,风信子开花了,爸爸妈妈就不会说自己是笨小孩了。

这天,妈妈去幼儿园接朵朵,见朵朵的腿上瘀青了一大片。妈妈去问老师,老师吞吞吐吐了半天,才说,跳舞摔的,你这孩子天生平衡失调,不会跳舞。以前,她是从不跳舞的,今天教了新的舞蹈,不知为什么,她跳得格外认真,摔了几次,都还要跳,劝都劝不住。

妈妈的脸都气青了,不停地数落朵朵,养你有什么用,连跳个舞都会摔跤!这时旁边一个小男孩说,我妈妈说朵朵是傻子!小男孩的话引来一些家长好奇的目光,妈妈十分尴尬,赶忙拽着朵朵走了。

回到家里,妈妈独自躺在床上生闷气,不理睬朵朵。朵朵在门口张望了几次,见妈妈还在生气,就躲到了自己的小屋里。在小屋里,朵朵惊喜地发现,桌上的风信子开了,长长的花茎上挂满了白色的花朵,阵阵幽香,弥漫了整个房间。

朵朵将那盆盛开的风信子,搬到了客厅的阳台上,她期待着妈妈能看到它。可是直到吃饭的时候,妈妈对那盆花都视而不见。朵朵很失望,晚上睡觉的时候,她又把它搬回了卧室。

一连几天,朵朵一回家,就躲到了自己的小屋里,并关上了房门,妈妈不想知道她在屋里干什么,也懒得理她。

转眼间,母亲节就到了,老师把妈妈们都请到了幼儿园,说,今天是母亲节,我们的小宝宝都亲手制作了礼物,要送给自己的妈妈……老师的话还没说完,孩子们就迫不及待地把礼物送到了妈妈面前,只有朵朵站在原地,一动不动。老师走过去问朵朵,给妈妈准备的礼物呢?朵朵小声地对老师说,我不会做礼物,我想

给妈妈跳那支《风信子开了》的舞。

音乐响起，朵朵慢慢张开了小手臂，白白胖胖的小手合成一朵含苞的风信子，在缓缓的音乐声中，那朵含苞的风信子正一点一点地张开，直至完全绽放，整个开花的过程是辛苦的，可以看得出，朵朵是拼了力在还原一朵花开的过程。朵朵的舞姿并不优美，甚至还有点笨拙，有几次还差点摔倒，但每次她都稳稳地站住了。在场的人都被这个小小的人儿感动着，朵朵的妈妈更是热泪盈眶。

妈妈将朵朵紧紧地搂在怀里，而朵朵伏在妈妈的肩上，喊了一声，妈妈，我脚疼！

朵朵妈妈赶忙脱掉朵朵的鞋子，却见朵朵的脚上有好多的水泡，有的已经化脓结痂，有的却是刚刚磨破的。妈妈问朵朵，这是怎么弄的？

朵朵怯怯地说，老师教了《风信子开了》的舞，我好喜欢，我想跳给妈妈看，可我总是摔倒。我怕你们说我笨，放了学，就在自己屋里偷偷地练，结果脚就成这样了。妈妈，对不起，我不会做礼物。

妈妈亲了亲朵朵的脸说，你的舞就是给妈妈最好的礼物，妈妈终于明白，每一朵风信子都会跳舞，每一个孩子都是妈妈一生的天使！

一个人的古镇

吃过早饭，魏七公同往常一样，慢悠悠地沿着青石板路走到古镇东面的观景台上，坐在石凳上边抽烟边看风景。这是七公多年来的习惯，他很享受这样惬意的日子。

不过近来，魏七公心里很窝火。祖祖辈辈生活的古镇好端端的，咋说拆就拆呢？这让魏七公很想不通。狗屁的开发商，有几个臭钱就了不起，几个毛娃娃就想把老祖宗留下的基业给卖了，“呸！”魏七公气得鬼火冒，一口痰不偏不斜，刚好吐在了打此经过的乡秘书小陈的皮鞋上。

小陈很尴尬，他知道在古镇的拆迁上，这老头是个难缠的主，给再多的钱都不要，舍命都要保住这份家业，政府也不敢硬来，只好拖着。他不想在这节骨眼上惹他，只想早点脱身，于是向魏七公笑道，老人家，我忙得很，先走了。

不要忙，我还有事找你。魏七公撵上来，挥舞着手中的长烟杆，我不怕你是当官的，我问你，你晓不晓得这古镇是哪朝哪代传下来的？你知不知道，这是文物！文物是要受到保护的！为了几个臭钱，你们想拆就拆，我看这里面一定有什么名堂！

小陈涨红了脸说，老人家，说话要有根据啊，政府还不是为了发展地方经济，你说是古镇就是古镇啊？这我们说了不算的，要有专家的认证，国家发了牌牌才算。我还有事，我真的要走了。

看着小陈远去的背影，七公很失望。这个在古镇上长大的小后生，为了几个臭钱，也帮着外人来卖祖宗留下的遗产。这群败家子，发展个屁的经济，连自己的祖宗先人都不要了。魏七公边骂边往回走。

回来的路上，遇到老伙计张伯，两人站在路口聊了两句，就相约着去了古镇唯一的茶馆。因为是上午，茶馆里安静得很，两个人闷着头喝茶，各有心事，谁也不说话，喝茶倒水全凭彼此的默契。

良久，张伯磕磕茶碗盖儿说，老魏呀，就应了吧。按理说，这条街上一半的老屋都是你家的，你不应，他们也不敢乱来。只是眼看着到手的钱在你这儿卡壳了，古镇上的居民都会怪罪你的。况且这古镇又不是你一个人的。

魏七公长叹一声，老伙计，连你也这么说。你晓不晓得，这可是我们的先人曾经歇脚的地方。别看这些旧房子，给南来北往的行人提供了多少方便。你看看那条古道，还留有马帮的脚印，还有我们先人的足迹。人哪，可不能忘本呀！说完，他气呼呼地走出了茶馆。

回到家，七公越想越觉得窝火，几百年的历史了，咋就不是古镇呢？要考察，要认证，要国家发牌牌……等你们整出来，这些古建筑的木块块早就拆去烧火了。

晚上，魏七公忽然有了主意，他拨通了盐城电视台《百姓生活》栏目的电话。电话一接通，七公有些语无伦次，你们……你们快来吧！有人正在破坏国家一级保护文物，无论如何你们都得来一趟……对方答应明天一大早赶来，七公才放下电话长长地吐出一口气。

魏七公没有告诉任何人，今天电视台的记者要来。一大早，七公没去观景台，而是守在了古镇通往外界的唯一的古道上。

记者来了，他们没有拍到被破坏的国家一级保护文物，却被古镇的红墙黛瓦，雕栏画栋以及古建筑上造型各异的飞禽走兽深深吸引。他们将长镜头对准了这个蕴含着丰富历史景观和自然景观的小镇。

三天后，盐城电视台播了一个古镇的专访节目。古镇的居民一眼就认出了电视里那个拿着长烟杆的人就是魏七公。仅仅就这一期的节目，就引来了许多的游客、专家。沉寂几个世纪的盐马古道又重现了往日的喧嚣。

魏七公依然每天坐在观景台上看风景。让他感到欣慰的是，国家不仅发了个“省级历史文化名镇”的牌牌，还发了个“国家重点保护单位”的牌牌，它们都挂在古镇办公室的墙上。

我就说嘛，祖宗留下的东西，不是说毁就能毁了的！魏七公时常敲着他的长烟杆对着古镇的居民这样说。

归　宿

林老太死了，都好几天了，却还不能入土为安。这让她的四个子女很纠结。

林老太一生结过两次婚，育有四个子女。老大、老二为前夫所生，虽一直随前夫在山东生活，但对林老太没一点怨言。前夫

去世后，两个孩子对林老太更孝顺，每年总要抽出时间来四川探望母亲。林老太有时也很自责，要不是前夫陋习不改，自己何至于让两个孩子早早就失去了亲娘的呵护。

林老太是在十八岁的时候，被人从四川带到山东的，介绍人在收了夫家两千块钱之后，就逃得无影无踪了。待林老太回过神来，才发现上当受骗了，本想找个好人家，却偏偏遇上了一个穷得叮当响的主儿，事已至此，也只好认命了。

后来，林老太才发现，前夫不仅好逸恶劳，而且还是个好酒之人。喝醉之后，不是摔东西，就是拿她出气，好好的一个人儿竟被他折磨得不成人形。随着两个孩子的出世，日子过得就跟清水一样，一汪见底。

但凡日子能过得下去，林老太也不会舍弃两个年幼的孩子独自离开。只是这日子真没法过了，再不走，自己的命都保不住了，哪还能去管孩子们呢？于是在一个深夜，林老太撇下老大、老二，千里迢迢地逃回了四川。

回到家乡，林老太在家人的撮合下，嫁给了本村的富贵。富贵家虽穷，但人老实，勤快，对林老太更是好得不得了。婚后几年，老三、老四也相继出世了，一家人的日子虽然清贫，却也其乐融融。

富贵不会赚大钱，只有一身的力气。村里的人大都进城打工去了，撂下大片大片的土地无人耕种。富贵哪儿也不去，天天拿着锄头，担着粪桶，晃晃悠悠地在田地里忙碌。不管天晴下雨，都能在那些荒掉的地里找到他忙碌的身影。林老太有时想去帮帮忙，可都被富贵以各种理由赶回去了。

幸福的日子总是很短暂。那年，秋天快过去的时候，富贵竟病怏怏的，没有精神。他本以为是太累了，休息一下就会没事的，却没想到，竟没能熬过冬天。富贵走后，林老太擦干眼泪，对两个孩子说，你爹走了，咱们这日子还得过，你们好好读书，家里有娘哩。

两个孩子也争气，都考上了大学，成了国家干部，这让林老太很是欣慰。老三、老四的生活好了，林老太也不会忘了提醒他们接济一下家境窘迫的老大、老二。四兄妹虽不是一个父亲，但关系一点也不生分，真比亲兄妹都还亲，林老太也时时告诫他们，你们都是从同一个娘胎里出来的，都是娘的骨肉，有啥事，大家都得帮衬着点。

可如今，富贵的坟墓已经刨开，只等着林老太与他合葬，却被老大、老二挡下了，他们想把母亲的骨灰盒带回山东，与自己的父亲合葬在一起。老大一身白孝，把一根孝子棍在地上戳得梆梆地响，嚷着，老娘生前在山东没过上好日子，老爹去世时，唯一的愿望，就是希望老娘百年之后，能陪在他身边，以此来弥补他以前的过失。

老三夺过老大手里的孝子棍，反驳道，我爹与娘感情深厚，生前在一起的日子太短暂了，理应让他们永远在一起。这儿是娘的家，落叶都知道归根，何况人呢？要想把老娘带走，门都没有。

双方就这样僵持着，横眉对冷脸，谁也不让步。主事的走过来，高声呵斥，等啥哩，还不紧赶拿出决断，都几天了，谁有多余的时间陪你们耗啊。村头李家还等着呢！

老大拿出一块红绸布，从骨灰盒里将林老太的骨灰一点一点地抓出来放进红绸布里。谁也没有阻拦，一股悲凉在四兄妹的心间涌动，冰冷冰冷的，泪水哗哗地在脸上肆意流淌，谁都没有伸手

擦一把,林老太的遗像却在跳动的烛光里微微地颤抖。

林老太的骨灰就这样被分成了两份,一份将随老大老二去山东,与前夫合葬在一起,一份就这样躺在了富贵的身旁。下葬那天,很少下雪的四川,竟纷纷扬扬飘起了雪花。

那雪啊,在天空里飘来飘去,林老太的半个魂儿呀,也一直在空中打转,一个人被分成了两半,那该有多痛啊！一位老奶奶时常对村里的人说。

幸福的紫水晶

秀珍的店铺在市场的一个角落里,生意不如别人的好,但也并非卖不动。偶尔有零星的客人过来,秀珍就站起来打招呼。可客人似乎对这些各式各样的漂亮水晶不感兴趣,一来就指着金丝绒布上挂着的那颗心形紫水晶问:“这个卖多少钱?”秀珍就摇头说:“那个不卖。”客人丢下一句“神经病”就走了。

昨天就来了个女人,很有钱的样子,或许是紫水晶独特的光芒将她吸引了过来。她径直走过来,还没等秀珍反应过来,她就取下那颗紫水晶在秀珍的面前扬了扬说:“这个多少钱? 我买了。”

秀珍一把抢过来,说:“对不起,这个不卖。”

女人瞪圆了双眼说:“你不是卖水晶的吗? 干吗不卖? 凭什么不卖?”

秀珍有些不知所措,微微地摇了一下头,然后坚定地说:“不卖,这块紫水晶真不卖!”女人突然爆发了,将那沓钱狠狠地朝秀珍的脸上扔去:“你是疯子啊?不卖你挂出来显摆啥呀?”

两个月前,一个身穿黑色夹克的中年男人看上了那颗紫水晶。他仔细地端详着那颗紫水晶,然后伸出一双粗糙的大手小心翼翼地抚摸那颗紫水晶,那动作很轻很轻,生怕一不小心就会把紫水晶弄碎了。

秀珍走到中年男人面前说:“大哥,很漂亮吧,这可是纯天然的水晶石,你看那里面的颜色也是天然的,纯净的紫色在水晶石中也是不多见的。全市场就只有这一颗呢!”

中年男人听了秀珍的话,怕弄碎了水晶石,赶忙抽回手说:“这个一定很贵吧?”

秀珍点点头说:“是比其他的水晶石要贵些。”中年男人的眼神顿时暗淡了下来,转身默默地走出了小店。秀珍这才发现,中年男人的行动有些迟缓,走路一跛一跛的,腿有点瘸,不知为什么,秀珍的心里酸酸的,有一种说不出的味道。

一连几天,中年男人都要来店里看看,却不问价钱。秀珍就有些奇怪,说:“大哥,看上了就买了吧,看你也挺难的,我可以优惠点卖给你。”中年男人有些不好意思地说:“再怎么优惠,也得要好几百吧?”秀珍点点头说:“是的,大哥想买来送给谁呢?”

中年男人长叹一声说:“再过一阵子,就是我和老婆的结婚纪念日了,我想在她生命的最后时刻能送她一件像样的礼物。按理说,咱们乡下人不兴这个,可是自从老婆嫁了我,整天吃苦受累的,我还没送过她一件东西。”

秀珍问:“为什么这样说呢?你们怎么了?”

中年男人没回答秀珍的话,只是恳求道:“我现在没钱,但我

恳求你不要卖它,等我筹够了钱,我一定会来买的。你就把它这样天天挂着,每次路过看到它,我就会想着努力地去挣钱。"

可是,这之后,中年男人就如同人间蒸发了一样,一次也没来过。有时候秀珍就想,自己是不是很傻,也许是别人随便说说而已,自己就当真了。一个月过去了,那男人没来;两个月过去了,那男人还没来。秀珍也记不清自己是多少次拒绝了来买那颗紫水晶的人,以至于被别人骂成"神经病"。

日子就这样不咸不淡地过着,秀珍依然静静地坐在店铺里守着她的生意。熟客们时常打趣地说,这颗紫水晶已是秀珍姐的镇店之宝了!

黄昏的时候,一个男人用轮椅推着一个女人来到了店里。秀珍定睛一看,这不是那个中年男人吗?轮椅上的女人显得很虚弱,头发已经掉光了,虽然戴了一顶帽子,但因为帽子太小,只能遮到头顶的部分。中年男人一进店就说:"这颗紫水晶还在啊!太好了!"说着,他迫不及待地取下紫水晶戴在女人的脖子上。紫水晶在女人的脖子上格外地耀眼,女人摸摸那颗紫水晶,惨白的脸上竟有了些许的红晕。

男人问秀珍:"这个卖多少钱?今天我把钱带来了,不知道够不够?"

秀珍看着一脸幸福的女人,说:"你要买的话,给你成本价,就拿两百元吧。"

男人有些吃惊:"谢谢你哈,你真是个好人,还一直给我留着它。"买了那颗紫水晶,男人推着女人渐渐消失在暮色中。

这条紫水晶虽然是赔了几百块钱卖掉的,但当秀珍看到女人脸上幸福的表情,她的心里也暖暖的。

不灭的酥油灯

多吉给妻子打电话，说自己感觉很不舒服！

妻子吼他："不去看医生，跟我说有屁用啊！?"多吉知道妻子在生自己的气，妻子几乎每天都催自己去医院。可作为一名藏区的乡干部，事情太多了，大到惠民工程的实施，小到百姓的吃喝拉撒，都要管，哪有时间去看病啊！

打完电话，多吉吃了几片止痛药，然后骑上摩托车出了乡政府大院。

五月的高原，阳光越来越温暖，草地一天比一天绿，这是高原草场最舒适的季节，也是牧民间最易发生冲突的时节。为争夺草场，脾气火暴的牧民们，随时都可能会发生流血冲突，所以多吉每天都会骑着摩托去草原转转。

多吉把摩托车停在一个山坡下，然后一步一步地往坡上爬。山坡不高，但多吉爬得很吃力，气喘吁吁，一张脸憋得通红。平时几分钟的路程，今天多吉足足用了二十多分钟。

多吉站在山坡上，把手搭在额头上，迎着阳光往远处看。不远处，阳光倾泻在草原上，有几十只羊在那里慢悠悠地啃青草，撑着脖子往下咽。羊吃饱喝足，来来回回在草地上走，它们的主人拉旺拿着长长的皮鞭，不时将走出自家草场的羊赶回来，他身上的羊皮马甲磨得油光锃亮，在阳光下发着黑黝黝的光。拉旺看到

山坡上的多吉，将手指放到嘴里，朝多吉打了个响亮的呼哨。

这样的场景让多吉很开心，要知道，拉旺曾是草原上最麻烦的人。他时常把自家的羊赶到别人家的草场里，还把别人的地盘圈到自己的铁丝网里，要是有人说他，他会拔出腰间的藏刀威胁别人。他的专横跋扈，让草原上的人都很怕他，让乡里的干部伤透了脑筋。那时，多吉刚来到这个乡任乡长，有牧民打来电话，说拉旺因为草场的事又和人闹起来了，多吉二话没说，骑上摩托车就往事发地赶去。

草场上，拉旺瞪着发红的双眼，挥舞着手里的藏刀，骂骂咧咧。一个年老的牧民看到多吉，"扑通"一声跪倒在他面前，求多吉给自己做主，说草场是自家牲畜的命，这些牲畜是自己的命。多吉走到拉旺跟前，迎着拉旺砍过来的刀，一把将刀夺过来，厉声喝道："你想干什么？"拉旺见有人把自己的刀夺走了，更横了，举起拳头向多吉砸来，多吉毫不退缩。见拳头吓不走多吉，拉旺就躺倒在地上耍起了无赖。

这次，拉旺在牧民们面前丢尽了脸，这让他怀恨在心，想着法子想报复。这天，拉旺来到乡政府，很神秘地拿出一个信封交给多吉，说了声多多关照，就跑掉了。多吉打开信封，吓了一跳，里面是一沓百元大钞，一数，正好一万。这可把多吉吓坏了，他赶忙追出去，拉旺早就跑得无影无踪了。

一连几天，多吉都去草场上找拉旺，但拉旺就像人间蒸发了一样，不知辗转到哪个草场放牧去了。多吉决定去拉旺的家，将钱交给他的家人，要知道，一万块，对靠放牧为生的牧民来说那不是一个小数目。

拉旺的家在草原深处，多吉到拉旺家时，拉旺不在，一个老太太正躺在床上不断地呻吟。多吉扶起老太太坐到自己的摩托车上,然后带着老太太去了医院。多吉用拉旺给的一万块钱给老太太交了手术费,不够,又回到家里让妻子拿出准备翻盖房子的钱垫上。白天多吉去处理乡里的工作,晚上来医院照顾老太太。住了一个星期,拉旺一直都没出现过。

老太太出院那天,拉旺来了,来的还有多吉的上级领导。拉旺指着多吉说:“是他,我的钱就是交给了他。”

领导问多吉:“有牧民反映,说你收了牧民的贿赂,有没有这回事?”

多吉说:“没有。”

拉旺跳起来说:“你撒谎,我有照片为证。”说着掏出手机,翻出一张照片递给多吉看。照片上是那天多吉从信封里掏出钱数钱的情景。这个拉旺,原来是给自己设了个套。多吉正不知道如何解释这件事时,拉旺的母亲走过来朝拉旺就是一巴掌:“你个没良心的东西,他拿这钱救了你妈的命,你还要诬陷他。”

一切真相大白之后,拉旺羞愧得溜出人群。从此,草原上再也没有那个专横跋扈的拉旺了,相反他会主动去维护草原的安宁。

多吉从山坡上下来,要去草原深处的白多大爷家,眼看着雨季来临,大爷家的帐篷也该翻修翻修了。半路上,妻子打来电话,说自己已经到了乡政府,要带他去看病,还有一个好消息要当面告诉他。多吉让妻子回家,自己还有事要忙,等忙完了,明天就回去和她一起去医院。

可是,妻子这一回去,就再也没能见到丈夫的面。噩耗传到家里时,妻子正在做一双婴儿的小鞋。

四里八乡的乡亲们送来一盏盏酥油灯，放在多吉的灵前，祈祷着多吉一路走好。妻子望着墙上笑容满面的多吉，对肚里的孩子说："宝宝，爸爸还不知道你来了，妈妈替你给爸爸点上一盏酥油灯，告诉他，我们永远在一起。"

糊涂的母爱

有钱人过年，无钱人过关。这话小四从小就听母亲唠叨过，只是不管有钱无钱，一到腊月，年在风中就有了化不开的味道。

可是今年的年关对小四来说，是注定过不去了。刚才，那个瘦长脸的医生拿着小四的诊断报告，很不客气地对他说："回去把你的亲人叫来，先住进来再说！"

这可让小四犯难了，小四没有多余的亲人。家中只有一个患老年痴呆的母亲，只是这个妈不是亲妈，是亲妈死了之后，父亲娶的后妈。娶来没两年，父亲也跟着亲妈去了，那时小四还不到五岁。

本以为自己从此就成了没人管的孤儿，可是办完父亲的丧事后，后妈就非常严肃地对他说："从今往后，你就是我的亲儿了，吃糠咽菜我也不会丢了你。"

后妈说到做到，日子过得最苦的时候，宁肯去火车站做搬运工，也没提过把他送走。其间，有对夫妇膝下无子，看他们日子过得艰苦，有心抱养他，但后妈硬是把人家撵出去了。

这都是过去的事了。现在最要紧的是去问问医生，可不可以不住院？小四捏着诊断报告又回去找医生，刚走到门口，就听见瘦脸医生在说："这个叫王小四的，肝癌晚期，最多还有两个月的活头了，才来看有什么用！"

小四的头脑里霎时一片空白，跌跌撞撞地跑出了医院。走在灯火阑珊的街头，他掐指算了算，两个月，正好就是大年三十，看来这个年关还真难过啊！

小四使劲嗅了嗅路旁饭店里剁椒鱼头飘出的香气，摸了摸口袋，一跺脚，走进了饭店。

小四端着一盆剁椒鱼头回到家时，母亲正打扮得花枝招展的，站在桌上唱《钗头凤》，这是父亲生前教母亲唱的，父亲死后，母亲常常独自一人边唱边流泪。"红酥手，黄滕酒，满城春色宫墙柳……"母亲唱得有板有眼，一点看不出是个痴呆病患者。母亲什么都不记得了，唯独对这首词记得清清楚楚，还能一字不漏地唱出来。

看见小四端着盆进来，母亲伸手就往盆里捞，小四忙躲开，因为躲得急，汤料溅了他一身。小四火了，朝母亲吼道："你就不能安生点吗?!"母亲像挨了骂的小学生，低着头规规矩矩地站到一边。

小四摆好碗筷，招呼母亲过来吃。或许是许久没吃过这样的美味了，母亲顾不得烫嘴，狼吞虎咽起来。看着母亲的馋样，小四很想流泪，自己没本事，不能让母亲过上好日子，如今又得了绝症，连孝敬的机会也没有了。自己不怕死，但死了，母亲怎么办呢？得赶紧给母亲找个归宿。

第二天，小四为母亲换上一套干净的衣服，收拾了一些简单

的行李，对母亲说："妈，我带你去养老院。"听说是去养老院，老太太自然是欢喜得不得了。

小四牵着母亲一连走了好几家养老院，不是太贵就是人家不愿意收，老太太不知道小四想干什么，只能任由小四带着她四处碰壁。

走到社会福利院的门口，小四的眼前不由一亮，他把行李往母亲怀里一塞，说："娘，你看里面好多人，都是来的客人，你先进去，我去买点礼物，咱不能空手进去。"看着母亲走进了福利院，小四一转身跑掉了。

回到家里，小四拿出红笔在日历上画了一个叉，提醒自己，自己的生命已进入倒计时了。虽然肝部疼得越来越厉害，但稍一好转，他就偷偷地跑到福利院门口，看看母亲生活得怎样。有好几次，他都看到母亲站在院子里幽幽怨怨地唱"红酥手，黄滕酒……"听得小四吧嗒吧嗒直掉泪。

转眼日历上的红叉就剩一天了，小四为自己做了一顿年夜饭，做好后，却怎么也吃不下，于是，找出寿衣，穿在身上，然后静静地躺在床上，听着外面"噼噼啪啪"的鞭炮声，心里却异常的平静。

忽然，咚咚的敲门声吓了他一跳。小四忍着突来的剧痛，爬起来去开门，一开门，就见母亲满身雪花地站在风雪中直哆嗦。

一进屋，母亲从贴身衣袋里拿出一个纸包，递给小四说："东家给每人发了个鸡腿，我趁他们去放鞭炮的时候，偷偷跑出来，给你吃！"

小四捧着温热的鸡腿，看着正朝自己傻笑的母亲，号啕大哭。

手机里的秘密

林子不知道为什么，近来父亲特别喜欢玩手机，每次一回家，就追着自己要拿手机给他玩一会儿。

林子有些哭笑不得，看来父亲是老了，像小孩子一样爱玩自己的手机，每次一玩起来就舍不得放下。自己的手机除了有上网功能外，也没什么好玩的，林子有心想给父亲买个新的，可父亲坚决不要，说现在的智能机声音小，听不到，还不如自己的老年机，自己只是偶尔玩玩。

对于父亲玩手机这件事，林子咨询过精神科的专家，问这是不是老年痴呆的前兆。精神科的专家对他说："按你的说法，那现在的年轻人是不是都是老年痴呆的前兆呢？"

这天，做完最后一台手术，林子回到家里已是晚上十点多了。父亲还没睡，看见他回来，就过来问他要手机，林子有些烦了，吼父亲："你怎么还没睡啊，我都累得半死了，回来你还要烦。"

父亲低头杵在那里，不语。林子看父亲的模样有些于心不忍，他将手机递给父亲，说："爸，都说年轻人是手机控，你怎么也成了一个手机控了。如果有电话来了，一定要给我，怕是有夜间手术的急诊病人，那是耽搁不得的。"

父亲长长地说一声"晓得了"，就往沙发上一靠，聚精会神地玩起手机来。看着父亲翻看自己手机那专注的神情，林子苦笑着摇摇头就去睡了。

忽然，一阵咚咚的敲门声夹杂着父亲的怒吼声将林子从睡梦中惊醒，等他睡眼蒙眬地打开门，看见父亲满脸怒容地站在门口。林子不知道父亲为何突然暴怒，他想将父亲拉进屋，可父亲将他的手机重重里往他手里一放，说："你给我说说这是怎么一回事，不说清楚你今晚别想睡觉。"

林子糊涂地看着父亲，拿起手机看了半天，不知道哪儿有问题，他问："爸，什么事让你这么生气啊？我手机里有什么问题吗？"

父亲拿过手机，很熟练地点开林子的微信，对林子说："你给我说说，你今天收的1000元微信红包是怎么一回事。医院三令五申禁止收红包，你可别变着花样收红包啊！"

林子接过手机一看，然后一拍脑门，说："我怎么把这事给忘了呢？"

林子对父亲说："有一位病人，手术前一天，给我送来一个红包，我没收，退回去了。没想到今天进手术室前，他硬要加我的微信，并通过微信给我发了一个1000元的红包，一定要等我收了这个红包才进手术室。我想等做完手术，我再把红包给他发回去，没想到这一忙就把这事给忘了。爸，你要相信我，我不是故意的。"

父亲听了林子的话，对他说："孩子，清廉为医，清风自来，你们这个行业是最容易犯错的，你爸清廉了一辈子，你可别给我脸上抹黑哈。"

林子听了父亲的话，终于明白父亲为什么喜欢翻看自己的手机了。

飞翔的鸭子

小时候，家里养过一只黑色的鸭子。一起喂养的其他鸭子都已长大卖掉了，就这只黑鸭子瘦瘦小小的，总也长不大。卖又没卖相，吃又没嚼头，索性就一直将它喂着。

家里的小黄狗每天吃饱喝足之后，总是将那只可怜的黑鸭子追得到处乱蹿。那“嘎嘎”的惨叫声时常让小黄狗有着一种胜利者的喜悦，因此它也乐此不疲地持续着它那很不仁道的游戏。

久而久之，黑鸭子不堪忍受小黄狗的折磨，竟在一次追跑的过程中，张开了翅膀扑棱一下飞了起来。

面对突然的变故，小黄狗惊呆了，望着天空中飞行的黑鸭子不知所措。黑鸭子的飞行姿态并不好看，甚至还有些笨拙，每一次扑动都显得很吃力，但它毕竟飞起来了，逃离了小黄狗的魔爪，飞出了院子，飞到了屋后的竹林里。

此后，一遇到小黄狗追它，它就扑扇着翅膀飞走，而且越来越敏捷，越飞越远。每次都要我们全家出动才能将它找回。

后来，父亲做了一个笼子，将黑鸭子关了起来。这样一来，小黄狗就没辙了，黑鸭子也就心安理得地待在笼子里，而我们也不再为寻找鸭子而烦恼了。

做教师的三叔来我们家的时候，执意要看这只鸭子是如何飞起来的。折腾了大半天，这只会飞的鸭子却始终没有飞起来。

失望之余,三叔说:“鸭子会飞,不是什么天方夜谭,那是它的一种潜在的本能。在遇到危险时,它的那种本能也就不知不觉地发挥出来了,也就是我们常说的潜力。”

我不解地问:“那我们现在这样打它,撵它,那它怎么也飞不起来呢?”

三叔笑着说:“这只鸭子被关了那么久,在一个舒适的环境中就失去了一种锐气,它潜在的本能也就退化了。人也是一样,逆境中人的潜力就能得到很好的爆发,而顺境中人的惰性阻碍了潜能的发挥。”

这个道理是我很多年以后才明白过来的。

盗猎者

隔壁房间里,母亲一声接一声的咳嗽声,让常宝下定了决心,明天就去封山多年的大山里偷猎。

天刚亮,常宝拿出私藏多年的猎枪就要进山,母亲倚在门口叫住了他,宝儿,你这是要去干什么呢?说完又是一阵咳嗽声。

常宝说,妈,你回去歇着吧,我去山里打些野兔、野鸡之类的拿到镇上去卖,换了钱给你看病,你这病是不能再拖了。

母亲好不容易停止了咳嗽,还想说什么,常宝却已不见了踪影。

夏日的山林醒得有些早,太阳还没出来,各种动物都已经醒来,嘈嘈杂杂的,把人迹罕至的大山搅得热闹非凡。

常宝的突然出现,吓坏了林中的这些小动物们,片刻的工夫,全都隐遁得无影无踪,山林中又是一片寂静。

常宝屏着呼吸隐蔽在一棵树后,等待着受到惊吓的小动物们的再次出现,哪怕是一只山鸡也好。常宝的耳边又想起了母亲的咳嗽声。

忽然,一道白色的身影从常宝的面前一跃而过。常宝心里一惊,看那身形像是一匹狼,难道这就是传说中的雪狼?常宝从小就听父亲说过,很久以前,这座大山里常有雪狼出没,只是因为人们对大山的过度索取,雪狼早就绝了迹,父亲没见过,常宝也没见过。

如果刚才过去的真是雪狼的话,自己今天的运气真是太好了,那母亲的病就不愁没钱治了。常宝的眼前又浮现出母亲被病痛折磨得憔悴不堪的面容。

常宝取下身上的猎枪,朝着那道白影离去的方向仔细搜寻着。虽然多年不打猎了,但凭着一个猎人的敏感,常宝很快发现了目标。在前面不远的地方,一匹白色的狼高高地站在山崖上,正四处张望。

常宝的心狂跳起来。他屏息静气,举起猎枪,瞄了好一会儿,终于找到一个绝佳的时机,扣动了扳机。随着“砰”的一声枪响,雪狼应声倒地。

常宝看到雪狼倒下了,将枪背到背上,快速向雪狼奔去。来到山崖上,常宝吃了一惊,刚才雪狼倒下的地方,除了一摊还未凝固的血以外,却不见了雪狼的踪影。常宝很懊悔,是刚才自己疏忽了,为什么没再补一枪呢?

常宝仔细观察了四周，前面是悬崖，受伤的雪狼也有求生的欲望，是不可能跳下去的。凭多年的打猎经验，雪狼是不可能跑得太远的，一定还躲在这附近。常宝在草丛里小心地搜寻着，雪狼虽然受了伤，但还有攻击性，一定不能大意。

忽然，一条清晰的血迹出现在了常宝的面前，仔细查看之后，常宝知道，这一定是受伤的雪狼留下的，沿着这条血迹找过去，一定能找得到。血迹一直延伸到山崖下，先是一条连线，渐渐地就变成了一条点线，最后只剩下一些零星的血点，通过这些血迹可以看出，雪狼的生命在一点一滴地消亡。

常宝沿着这条血迹走到山崖下，在一座崖壁前，血迹消失了。常宝停下来，看了看四周，除了茂盛的灌木，什么都没有。听父辈们说过，狼喜欢住在崖壁的裂缝里，想必这只雪狼应该就在这附近的崖壁里。

常宝扒开灌木，就看到了一个光滑的石缝。常宝将猎枪端在胸前，慢慢地向前靠近，就在靠近石缝的那一瞬间，常宝惊呆了。只见那只受伤的雪狼气若游丝地躺在那里，雪白的皮毛上浸满了鲜血，三只毛茸茸的小雪狼正贪婪地吮吸着它带血的乳汁。

看见常宝，雪狼没有挣扎，只是无助地看着他，眼里有乞求，有绝望。多么熟悉的眼神！常宝心里一怔，这眼神太熟悉不过了，就像一个烙印，在常宝的脑海里挥之不去。小时候有次发高烧，因为家里穷，没钱看病，母亲抱着自己跪在医生面前，那时母亲的眼里也曾有过这样的无助，这样的绝望！

雪狼慢慢地闭上了眼睛，三只小雪狼还在母亲的怀里拱着，它们不知道，为了能让它们吃上最后一口奶，它们的母亲耗干了最后一滴血。常宝的眼睛模糊了，收拾好自己的情绪，将雪狼葬在一棵树下，然后带着三只小雪狼下了山。

半年后，大山里又有了雪狼的身影，虽有盗猎者们时常进山搜寻它们，但每次面对常宝黑洞洞的枪口，他们只得悻悻而归。

无花果

她是在母亲的威逼下嫁给这个男人的。

在这之前，她有一个深爱的男友。他们同在一个工厂里打工，彼此间相互照应，久而久之，爱情之花就在他们的心里悄然开放。

母亲知道这事后，竭力阻止他们交往。原因是男友是外省人，唯一的女儿不可能远嫁他乡。而男友也是家中的独子，那边的父母也不同意儿子离开自己。

终于有一天，男友不辞而别，丢下了她和腹中刚刚孕育的胎儿，消失了，就像人间蒸发了一样，到处寻不到他的一点消息。

她带着伤痛回到了家乡，可她忘不了那个人，她相信总有一天，他会来找她的。虽然母亲极力反对，但她还是决定为他生下孩子。

母亲害怕村里人说长道短，就给了她两条路，要么打掉孩子，要么赶紧找个老实憨厚的男人嫁掉。

为了保住这个孩子，她含泪嫁给了村里一个比自己大十岁的男人。结婚的当晚，男人就知道她肚里怀了别人的孩子，于是闷

闷不乐地离开了房间。那一晚，男人在院里丢下了一地的烟头。

天还不见亮，男人就出去了，她不知道男人去了哪里。如果他是去找母亲算账了，那自己的事全村人不就都知道了，这让自己和母亲如何能在这村里待得下去。

她一直惶惑不安地待在家里。中午，男人回来了，带回来一只芦花鸡，和一棵不知名的小树苗。

男人找来一把锄头，在院子里挖了一个坑，然后把小树苗小心翼翼地放到坑里。栽完树，男人又提着鸡去了厨房。

不一会儿，男人将一碗热腾腾的鸡汤端到她面前，说，吃吧，现在孩子是最需要营养的时候。

她默默地接过碗，眼里却有了湿意。透过缥缈的热气，她看到了男人那张苍老的脸，以及脸上那捉摸不定的表情。

男人很珍爱那棵小树苗，每天都要去给它浇水。男人也很珍惜她，每天都想着法子给她弄好吃的东西。

在男人的细心呵护之下，她生下了一个女儿。女儿出生之后，她的身体极度虚弱，每天晚上都被女儿吵得无法入睡。

男人怕吵着她，晚上就带着孩子在隔壁睡。夜里一次次地起来为孩子冲奶粉、换尿布，孩子哭闹，他就抱着孩子在房里走来走去，一遍遍地唱儿歌。听着他那不成调的歌声，她的眼角就痒痒的，黑暗中，伸手一抹，却是一手的温热。

孩子在一天天长大，那棵小树苗也在一天天地长大。女人不知道那是一棵什么树，只知道男人把它当宝贝，每天都要抱着女儿在树前玩。

看着逗女儿的男人，女人就想起了孩子的父亲，一种揪心的疼痛撕扯着她的内心。到后来，她蓦然发现，那个让她又爱又恨的人竟然在心底渐渐地模糊起来。直到有一天，她忽然发现，任凭自己如何回想，却再也想不起那个人的模样。

她从心里慢慢地接受了这个忠厚老实的男人。女儿两岁的时候，她又一次怀孕了，男人开心得像个孩子，嘴角总是洋溢着笑容，每天都牵着她的手出去散步，细心地呵护着她。

怀孕的女人嘴很刁，今天想吃这，明天想吃那，要吃什么他都尽量地满足她。

这天女人想吃鲫鱼，男人就拿起网兜去河里捕鱼。要知道这是冬天，冰冷的河风割得他的脸生疼，他顾不了那么多，只想多捕一点，让女人饱饱地吃个够。就在他捞起最后一网时，一个趔趄，他就栽到了河里。

看到河边直挺挺躺着的男人，她软软地倒下了。她不知道自己睡了多久，模模糊糊中，她看到男人提着一兜鱼渐行渐远，她喊他，可他不理她。

春天快过去的时候，她生下了一个男孩。男孩像极了那个为她捕鱼的男人，她像男人当初逗女儿一样，每天带着一双儿女在男人留下的那棵树前玩耍。女儿摘下树上的一个小果子递给她说，妈妈，树上的果子怎么没开花就结果了。

她凑到树前一看，可不是，在那密密匝匝的树叶间，竟藏着好多小小的嫩嫩的果子，她知道这是无花果。

她忽然明白了，男人为什么那么珍爱这棵树，原来无爱的婚姻只要用心经营也会结果的。

跳跃的村庄

天边的晚霞还没散尽，红柳村就热闹开了。

村委会门口，一对大音响放着音乐，节奏强劲而欢快，震得树上的彩灯一亮一亮的。嘣嘣蹦，嚓嚓嚓，那音乐，很热烈，很撩人，勾得大伙的心，痒痒的。

二柱一瞄墙上的挂钟，一看时间差不多了，一口将滚热的汤灌进肚里，“咚”的一声，把碗一放，站起身，抹抹嘴，就出门了。

媳妇见了，心里老大不痛快，冲着二柱的背影喊：跳，跳，跳，不跳会死啊！是哪个骚狐狸把你的魂儿给勾去了呀？

二柱是红柳村新任的村主任。

老村主任是费了很大的劲，才把二柱喊回来当这个村主任的。二柱不愿回来，虽只是一个打工仔，但月薪也有三千多。可老村主任说了，你要还惦着红柳村人的恩，你就给我回来主事！村子就属你能耐！

二柱是孤儿，几岁就死了爹妈，是红柳村东家一瓢，西家一碗把他供大的。二柱当然忘不了红柳村的恩情，自己出来打工挣钱，也是为了筹钱给村里修桥。可眼下，老村主任发狠话了，不回去是不行了。

对于二柱的归来，媳妇最不乐意了，眼看着几千块钱就那么没了，心里老大的不痛快，却拿二柱没法，只得唠叨几句算了。老村主任可高兴了，提了一壶高粱酒就来到二柱家，两人边喝边聊，聊到动情处，竟都红了双眼。

回村不久，二柱就发现，村子里，男人们大都外出打工了，留在家里的女人们，除了照顾老人、孩子，就是聚在德旺的小卖部打麻将。聚在一起的时间多了，就不免生事端，吵吵闹闹是常有的事，把个小村闹得鸡犬不宁。

新官上任三把火，二柱放的第一把火，就把这个沉睡的小山村，烧得发烫。二柱弄来大音响，专门请了秀珍，教大家跳舞。秀珍是村里最早出去闯荡的女人，见过很多世面，舞也跳得特别好。一到晚上，大喇叭一放，村里的女人们，都被这撩人的音乐，勾来了。

村坝上，秀珍扭得正欢，一对奶子在胸前飘来荡去，让人的心也跟着一漾一漾的。她不停地鼓动大家跟着跳，可是，看热闹的女人们，谁也不好意思上前跟着学，都捂着嘴偷笑，脚却不由自主地跟着音乐的节拍，悄悄地移动。

二柱挤进人群，说，有啥子不好意思的嘛！在城里，六七十岁的老太太都还跳得有模有样的呢！放开了，咱们跳得也不比城里人差。

一曲舒缓的音乐，在小村的上空缠缠绕绕、飘飘荡荡，似乎把人们的魂儿都勾出了窍。二柱搂着秀珍的腰肢，在轻柔的乐曲声中，轻轻地旋转。音乐软软的，软到了人的骨子里。

这音乐，也搅得二柱媳妇心神不宁，躺了一会儿，翻过来，掉过去，只是睡不着。听着村坝上传来的音乐，心里越发地烦乱。不要脸的东西！她骂了一句，索性披衣起来，拿了手电筒出门。

半路上，碰上老村主任。二柱媳妇拦住老村主任就嚷开了，老村主任,这事你可得管管。再这样闹腾下去,会出事的!二柱是你叫回来的,你可不能由着他的性子来。

黑暗中,老村主任叼着长烟斗,一点火星忽明忽暗。见是二柱媳妇,老村主任磕掉烟灰说,这二柱也恁不像话了,我是让他回来带领大伙儿致富的,不是搞这些乌七八糟的东西。你先回去,明天我说他。

二柱媳妇说,老村主任,你没见这红柳村都成什么样了,自从兴起跳这个舞,我们家二柱就跟丢了魂似的,拦也拦不住。红柳村的女人就像发情的猫,闹腾得厉害。老村主任,你回吧,我得去看看!

二柱媳妇刚走到村坝上,就听到一阵嘈杂声,女人的尖叫,夹杂着男人的怒吼,把个小村庄吓得躲进了一片黑暗中。二柱媳妇快步向跳舞的人群跑去,却见村坝一片狼藉,惨不忍睹。二柱正收拾被砸烂的音箱,秀珍躲在村委会里,嘤嘤地哭泣。秀珍男人气势汹汹地杵在她的身旁。

你要再跳,老子就打断你的腿,搂搂抱抱的,像什么话!今天是把场子给你砸了,明天就不是砸场子那么简单的事了!秀珍男人拿眼直瞪二柱。

二柱杵在黑暗中,有些悲伤,然后长长地叹了一口气,看着村前凹凸不平的山路,他知道自己该怎么做了。

停电一小时

进酒吧前，女人顺道在一藏族小伙的地摊上买了一把小巧别致的藏刀。她不想再等了，十四年的等待今晚必须要有个了结了。

说心里话，她很爱他，是那种痛彻心扉的爱，她的生命中不能没有他，要不然她也不会就这样没名没分地跟他好了十四年。可是人生能有多少个十四年呢?

酒吧的灯光有些昏暗，男人在靠窗的角落向她挥了挥手。他们对坐着，他望着她，一脸的暧昧，眼中透着情欲的笑意。要在以往，她定会迎合他的，可是今天，她不想被这眼光灼伤，她逃避着他的目光，心事重重地搅动着杯中红色的液体，空气中瞬间浮动着一股浓郁的醇香。

女人漠然的表情将男人的情欲逼到了死角。她盯着他，问，抗日战争用了多少年?

男人有些诧异，他不明白女人为什么会这么问，当然是十四年抗战啊！咋啦？发烧了？说着伸手想去摸女人的额头。

女人有些恼怒，一把甩掉男人伸过来的手，声音有些歇斯底里，你说说，十四年的时间，抗战都胜利了，为什么你的承诺到现在都还是一个泡影呢?

男人的脸色顿时不好看起来，每次提到这就让他很烦。他爱自己的妻子、儿子，也爱面前的这个女人，舍去哪一方都是他所不愿意的。

现在女人又提起这件事，这让他很不爽，咱们这样不是挺好的吗？十几年都过来了，还在乎什么呢？

怒火就像喷洒了汽油，腾地一下就在女人的心中燃了起来，说得轻巧，我还能有几个十四年?！难道你不知道鱼和熊掌是不能兼得的吗?

就在女人的手触摸到包中那把藏刀的时候，酒吧顿时一片漆黑。

在一阵嘈杂声后，酒吧里顿时安静了下来。大家都知道这是酒吧响应“地球一小时”活动而熄灯了。

服务生端来了蜡烛，两个人沉默着，谁也不说话，但彼此的内心都很不平静。沉默中，男人的手机响了，他看了女人一眼，然后侧转身接了这个电话，仅那一眼女人就知道是谁的电话了。

手机是妻子打来的，妻子说小区为响应“地球一小时”活动也停电了，儿子害怕，哭着找爸爸。

男人就让儿子接电话，然后很柔声地安慰着儿子，给儿子讲什么是“地球一小时”。这一讲，男人就忘了女人的存在，完全沉浸在与儿子的对话中。这让女人很不舒服，有好几次，女人都想打断他，男人向她摆摆手，示意她别出声。

女人百无聊赖地把玩着手里那把闪着寒光的小刀，她的内心在挣扎。猛地，她将小刀刺向面前的果盘里，插起一块水果放到嘴里狠命地咀嚼，一会儿的工夫一盘水果就被她消灭干净了。透过蜡烛跳动的火焰，女人看到了男人脸上从未有过的温情，这让她心里一惊，心里轰地一下像什么倒塌了——似曾相识的情景。

这像极了父亲在煤油灯下辅导自己功课时的情景，那时的父亲就像眼前的这个男人一样，慈爱而温和。母亲的离家出走，让父亲的脸上挂满了冰霜，可是面对自己，父亲却能将内心的痛楚藏得很深，始终用慈爱温暖着自己。

女人的心里有些释然了，眼前的男人不管他有多爱你，在亲情面前，他立马从情人的角色里跳了出来，成为一位慈祥的父亲，一位好丈夫。无论他走到哪里，总有一个家在那里等他，而自己只是他调剂生活的佐料吧。

来电的时候，他们都没了兴致，于是起身离开了酒吧。男人伸手将女人轻轻地揽入怀中，片刻温存之后，女人推开了他，说，一小时的黑暗让我的心更明，眼更亮，让我明白了有些事是可遇而不可求的。说完转身跑走了，看着女人远去的背影，男人一头雾水。

之后的日子，女人就像人间蒸发了一般，再也没有出现在男人的生活中了。

阴影背后是阳光

女孩抬头看窗外的时候，一只鸟正静静地栖在茂盛的梧桐树上，歪着脑袋默默地注视着自己。女孩的心突然抖了一下，她读懂了那只鸟眼里的孤独、忧伤。

女孩很孤单，自父母在地震中遇难后，她成了孤儿，只得千里迢迢投靠到外婆家。陌生的环境，听不懂的方言，让原本快乐的她变得郁郁寡欢，心中的阴影锁住了她应有的天真烂漫。她不爱说话，不和同学交往。面对老师和同学的热情她熟视无睹，终日躲在一个阴暗的世界里舔舐着内心的伤痛。

在自己的世界里，女孩喜欢看窗外的风景。课堂上老师的讲课她是无动于衷的，她关心的只有窗外的世界。天边飘过的流云，蔷薇的花开花谢，梧桐树飘零的落叶，还有那只忧郁的鸟儿……这些都是她所熟悉的。

女孩的一切被新来的班主任看在眼里，急在心上。班主任是刚从学校分来的大学生，有着孩子般稚气的脸庞，大家都亲切地叫她“姐姐老师”。“姐姐老师”看她沉迷在自己的世界里，学习成绩越来越糟糕，心里很着急，多次找她谈话，可她就是充耳不闻，两眼漠然地望着窗外。

每到周末，“姐姐老师”都会邀上她和班里的同学去郊外踏青，大家总是热情地拉她一起玩一种击鼓传花的游戏。游戏很简单，当敲击声停止的时候，花落在谁的手里谁就要表演一个节目。

老师用一根小铁棍敲击着一个不锈钢碗，一条鲜艳的红丝带伴着清脆的敲击声在同学们的手里翻飞着。女孩没心思玩这个，敲击声停止的时候，她正看着一只从头顶飞过的鸟儿发呆。看着传到自己手里的红丝带，她选择了沉默，面对同学们的笑声，她感到自己就像一棵孤单的小草，生命里只有枯黄的落叶……

学校要开运动会了，老师点名让她参加五千米长跑。女孩惊得张大了嘴，红着脸一个劲儿摇头：“不，不，我不行的！”

老师当着全班同学的面，拥抱了她，并轻拍她的肩膀，柔柔地说：“不怕，重在参与。”“姐姐老师”温润的气息掠过耳际，让女孩的心暖暖的，那种感觉真像躲在妈妈的怀中。

运动会那天,女孩成了全校的焦点。她就像一匹优雅的小马驹奔跑在运动场上,那优美的姿态吸引了很多人的目光。跑道的外面,同学们轮番上阵陪着她跑,一圈,一圈……跑着跑着,她的脑海里就闪现出自己和小伙伴们在故乡葱茏的树林里嬉戏,在广袤的田野上奔跑的情景。那时的自己真是一个快乐的天使!

终于,女孩在大家的掌声中第一个跑到了终点。"姐姐老师"微笑着伸开双臂站在终点等候着她,早有同学拿了毛巾,端了开水守在一旁。在扑向老师怀中的瞬间,女孩的眼里盈满了泪水。

最终,女孩拿下了五千米的冠军。站在领奖台上,女孩看见了和自己朝夕相处的老师和同学。他们使劲儿地拍着巴掌,脸上堆满了笑容。校长亲自为女孩挂上一枚沉甸甸的金牌,就在女孩弯腰的瞬间,她看见了自己的影子。女孩猛地一震,她忽然明白,原来自己的身后一直有一片阳光……

女孩挥舞着手中的鲜花,脸上绽放出灿烂的笑容。

多年以后,女孩成了一名优秀的心理咨询师,她总是将温暖的阳光洒向世界上每一个阴暗的角落。她知道阴影的背后是阳光,阳光的力量可以穿透那些紧锁的心扉。

山杠爷

山杠爷倔,他那瘸腿的老娘更倔。任村干部磨破了嘴皮,好话说了一箩筐,俩人就是不搬出这连绵几十里的大山。惹急了,山杠爷操起乌黑的鸟枪对着村干部:“你们走!在这住了几十年了,生生死死就窝在这山沟里了,不要管我们。”村干部吓得连连摆手:“好,好,不搬就不搬,别动家伙嘛。”说罢,摇摇头,嘀嘀咕咕地回去交差了。

在这大山深处,山杠爷和他老娘平日里就在石头缝里开垦些巴掌大的地儿种些玉米、土豆之类的东西。闲时就扛起那杠乌黑的鸟枪去山里转转,打几只野兔、野鸡拿到山外的市场换些生活必需品,日子过得虽然紧巴,倒也悠闲自在。

一天,山里来了一群人,男的、女的都有。他们背着背包,拄着拐杖,每个人走得是脸红筋暴的,还不时对着大山吼几声。山杠爷吃不准这伙人的来头,自个纳闷:“这就怪了,山里一年半载难得来一个人,这一下就来这么多,干什么的呢?”却见那伙人沿着山沟直直地往深山里去,山杠爷急了,扯了嗓门大喊:“喂,前面去不得哟,很危险的,不能再往前走了。”听见人声,那伙人一下欢呼起来:“大爷,我们迷路了,找不到出山的路了!”

山里的天气就是舒服,都已经是晌午十分了,群山还笼罩在一层薄薄的云雾里。山杠爷肩扛鸟枪,走路一阵风,几只野兔在屁股后面一甩一甩的，直惹得身后那群人伸长了脖子紧跟着跑。

在山杠爷家简陋的院子里，瘸腿老娘从没见过这么多的人，也不晓得是干什么的，只管热情地招待。人群中有人说话了："大娘，我们是来玩的，在山里迷路了，给你添麻烦了。""你说啥？这山里头有啥好玩的。"大娘似乎没弄懂，偏头想了半天也没弄明白，就去厨房做事了。一会儿的工夫，阵阵香味搅动了大家饥饿的神经，难得的山珍美味，大家吃得直抹嘴。

临别时，那伙人拿出两张大钞，山杠爷坚决不要："吃个饭咋还要给钱呢？使不得，使不得。"于是有人建议："你要是觉得过意不去，就去打几只野味让我们带回去吧。"旁边大娘插话了："那可不成，山里的野鸡野兔是不能随便打的，我儿一个月就只能打几只去换点盐巴钱。"

众人走了，山杠爷看着手里的两张大钞寻思："这城里人好生奇怪，没事出来瞎晃，出手还这么大方。"他做梦也想不到接下来的日子会更让他揪心。

大山的神秘幽深，吸引着一拨又一拨的人，深林里各种山珍野味也吸引了那些不法之徒。人类的贪欲让这座沉睡的大山已不再寂静，山鸡被追得拖着长长的花尾巴扑棱棱地四处乱飞，就连平日里胆子特大的野兔也不敢悠然自得地在草丛里漫步了。密林里的动物们生活在惊恐之中……

山杠爷不再打猎，依然每天背了鸟枪踩着软软的枯枝"嘎吱嘎吱"地走在密林深处。他一边搜寻着那些掉进陷阱的小动物，一边毁掉那些猎杀动物的工具，有时就对着大山高声骂道："你们这些挨千刀的东西，再多都会让你们整绝种的！"

这一天，山杠爷像往常一样去了东山的山垭口，远远地就看见一张大网铺天盖地遮住了半边天，山风送来阵阵凄厉的哀鸣，大网上一只只山雀不断地挣扎，搅得山杠爷头皮发麻，心生生地疼！

山杠爷找来一根木棍，将那些被黏住的小鸟小心翼翼地解救下来。看着一只只小山雀从自己的手中展翅高飞，山杠爷的脸上也露出了久违的笑容。只剩最后一只了，那是一只非常漂亮的小鸟，翠绿的羽毛在阳光下闪着亮光，乌黑的眼睛盯着山杠爷滴溜溜地转，双腿被牢牢地黏在网上。试了几次，都无法救下那只小鸟，最后山杠爷爬到旁边树枝上，颤巍巍地捉下鸟儿，就在鸟儿展翅高飞的瞬间，“嘎巴”一声脆响，山杠爷从几米高的树上直直地掉到十几米的深谷中……

东山的林子上空垂下了一层厚厚的乌云，鸟儿轻啼，群山呜咽。那张大网在阵阵山风中不住地颤抖……

心中的盛宴

磨刀岭小学隐身在大山深处的一个山坳里，是磨刀岭村最偏远，最荒凉的地方。若不是因为这所小学，这儿完全称得上是一个人迹罕至的蛮荒世界。

尽管来报到之前，兰兰早已做好了充分的心理准备，可一走进这封闭的孤岛，她还是被眼前的荒凉吓得哭了起来。

老村主任拍拍她的肩，小姑娘，莫哭，你已经是来这儿的第十位老师了,娃娃们已经好久都没老师上课了。

兰兰擦干眼泪,对老村主任说,你让孩子们明天来学校吧。

天刚亮,散住在七沟八梁的孩子们陆续来到了学校,沉寂的校园顷刻间热闹了起来。兰兰一进教室,就吓了一跳,不大的教室里齐刷刷地坐满了脏兮兮的孩子们,他们正安安静静地等着她的到来。

兰兰的眼眶湿润了,她没料到会有这么多的山里娃没书读。兰兰不知道这一课该怎么讲,这些孩子大的早该读初中了,小的则刚刚启蒙,可如今,他们都坐在一个教室里听课。

兰兰一时拿不定主意,就对孩子们说,同学们,今天是开学的第一天,你们说说开学第一天第一件事该做什么呢?

孩子们面面相觑,都不知兰兰老师葫芦里卖的什么药。

兰兰见孩子们不说话,就说,不管哪个学校,开学的第一件事就要升国旗唱国歌,就像我们的北京天安门每天早上都要升国旗奏国歌一样。好了,现在我们就来唱一遍国歌。

却不料孩子们异口同声地答道:不会唱!

兰兰以为孩子们捣乱,拉下脸说,难道你们升国旗的时候不唱国歌吗?

孩子们说,我们没升过国旗。

这时,一个大一点的孩子举起了手,兰兰示意他站起来说。孩子扭捏了半天,说,老师,国旗是什么样子的呢?

兰兰一下明白了,这些从没出过大山的孩子需要的不是书本上的知识,而是对山外世界的认识。

兰兰在黑板上画了一面五星红旗,然后教孩子唱起了国歌。孩子们唱得很认真,很快都会唱了。兰兰将他们带到教室外的空

地上，指着一棵笔直的树说，同学们，你们就把这棵树当作旗杆，想象着一面鲜艳的五星红旗缓缓地升起，直到这棵树的顶端。现在我们就来升国旗唱国歌，预备，唱！

孩子们凝望着树梢，稚嫩的童音在山坳中久久回荡。

一天，兰兰让同学们写作文，作文的题目就叫《我的愿望》。当她看完这些作文，眼眶又一次湿润了，孩子们歪歪扭扭的字迹刺激着她的每一个细胞。

孩子们的愿望很简单，就是想看到真正的国旗从自己的手中冉冉升起。

兰兰想：这可怎么办？星期一又要升国旗了。这段时间孩子们的学习热情越来越高，不能让他们失望。

想来想去，兰兰决定趁周末去山外的镇子上买回一面国旗。

从兰兰所在的学校出来，要翻过一座大山，然后还要走几十里的崎岖山路。兰兰出来的时候，还是漆黑一片，走到镇上都已经晌午了。

兰兰匆匆地在文具店买了一面国旗，顺便又买了两盒粉笔和一些学习用具，来不及吃饭，就急着往回赶。看样子，要下雨了，乌沉沉的。兰兰气喘吁吁地赶路，眼看就要攀上那座大山了，天空就下起了雨点，不一会儿瓢泼大雨就倾盆而下。

雨越下越大，兰兰将国旗包好揣在怀中，腾出双手攀住岩上的树枝艰难地往上爬。她知道，必须在天黑之前走下这座大山，要不然后果将是非常严重的。

兰兰意识到这一点，不顾雨点打得脸生疼，拼了命地在荆棘丛林中赶着路。

下山的路相对来说好走得多。兰兰已经看到了静谧在雨中的磨刀岭小学，心中一阵欢喜，不由得加快了脚步。

兴许是走得太快了，怀里的国旗一不小心滑出来掉到了悬崖下，兰兰呆愣了片刻，便攀着树藤向下爬，忽听树枝“啪”的一声折断了，兰兰晃晃悠悠就掉了下去。

兰兰醒来的时候，孩子们挤满了她的病房。她看见了墙角一辆木制的轮椅，摸摸空荡荡的裤管，无声地哭了。

兰兰又回到了磨刀岭小学。每周一，坐着轮椅的兰兰都要带领孩子们在那棵没有国旗的树下升国旗唱国歌，不同的是国旗已在孩子们的心中了。每周的升旗仪式也成了孩子们心中的盛宴。

树上的眼睛

小男孩靠在树下，闭着眼睛。他感觉有人蹑手蹑脚地过来，但他不想睁眼，一睁眼，就会看到东倒西歪的残垣断壁，会看到妈妈的眼睛在瓦砾堆里闪闪发光。

你就在这儿睡觉啊？一个苍老的声音飘进小男孩的耳朵。他不得不睁开眼，瞧着面前这个头发乱蓬蓬的老妇，说，我没睡，我要在这里守着！

老妇摸摸小男孩的头，低声地问，你在守什么呢？

小男孩有些不耐烦，指着树上的一个疤痕说，你没看见这是眼睛吗？是妈妈的眼睛。他们要砍了这棵树，我得守着，不然妈妈就会不见了。

老妇凑到树前，摸着树上的疤痕，说，这分明就是砍掉树枝留下的疤痕，怎么会是你妈妈的眼睛呢？

小男孩有些急了，一把推开老妇，不许你胡说！妈妈说过这是眼睛树，是她的眼睛，要是我不听话，她都能看见的。

那你的妈妈呢？再不回去，你妈妈该着急了。

小男孩哭了，我没有妈妈，房子摇起来的时候，妈妈抱着我跑到屋外，可我哭着要我的小熊，妈妈回去给我拿小熊的时候，房子就倒了，妈妈就不见了。

哦，我可怜的孩子。老妇擦擦眼角，从怀里摸出一块压扁了的面包，递给小男孩，吃吧，孩子，吃完了回家吧，要不，你妈妈看见你这样该伤心了。

小男孩看着那块面包，咽了咽口水，然后使劲地摇了摇头，有些警觉地说，不吃！你们大人太坏，总是想着法子骗小孩子。小玲就是吃了大人们给的方便面，睡着了，别人就把她的妈妈抬走了，等她醒来就再也看不到妈妈了。

多可惜，这么香的面包你都不吃。老妇直起身子，拍了拍小男孩的脸说，那好吧，天快黑了，如果你非得待在这里的话，你看这棵眼睛树就会流泪的。她说完转身想离去。

要是你能替我去给那些大人们说说，晚上别趁我不在，来砍树就好了。小男孩急忙说。

老妇回过身来，说，难道你不知道大人们晚上是要睡觉的吗？况且，他们为什么要来砍这棵树呢？

小男孩说，爸爸说过，这一片要修新房子，这棵树挡住了他们，他们就要砍了。可妈妈说过，这棵树是我出生时，她为我栽下的。树上的眼睛是妈妈故意为我留下的，她要看着我好好地长大。所以我不能让他们砍了这棵树。

那你就天天在这里守着？老妇问。

是的。小男孩点点头，压低声音说，我不守着，他们早就砍了，前天还有个叔叔说要用变形金刚给我换这棵树，我没答应。

老妇理了理乱蓬蓬的头发，说，有没有人告诉你，这根本就不是你妈妈的眼睛，你妈妈的眼睛怎么可能长在树上呢？

没有，小男孩一下子显得很不耐烦，谁也没有这样说过，但我知道，只有妈妈栽的这棵树上才会有眼睛的。

那可不一定，前面那个小树林里，很多树都长有这样的眼睛的，不信的话，我可以带你过去看看。

小男孩犹豫了一下，就答应了。他们一前一后翻过一堵堵断墙，向不远处的小树林走去。小树林里静谧悠然，全没有地震前的惊涛骇浪，仿佛一切都不曾发生过。

他们在林子里穿行，老妇指着一个又一个疤痕对小男孩说，我没骗你吧，你看看，这些都是你妈妈的眼睛。

小男孩有些茫然了，他僵直地站着，神情有些恍惚，泪珠大颗大颗地从颊上滚下来，他抽搐着，妈妈不会骗我的，妈妈怎么会骗我呢？

老妇搂着小男孩说，孩子，别怕，那棵眼睛树不在了，这儿还有许多的眼睛树，她们都是你的妈妈。我们都失去了亲人，可我们得到了更多亲人般的关爱！

为了母亲的微笑

火车疾驰着。车窗外的风景很美,美丽的草原一望无际,辽阔的天空白云朵朵,可是熊磊却微闭着双眼,一点都没有欣赏窗外风景的想法。

他太累了,自当上部门经理后,常年在外奔波,很少有着家的日子。可怜自己的母亲每天痴痴傻傻地站在阳台上盼儿归来。这不,刚才妻子打来电话,说老太太的病是越来越严重了,一个劲儿地嚷嚷儿子遭难了,被泥石流掩埋了,执意要出门去寻儿子。妻子拿她没法,只得陪着她一遍又一遍地在街上寻找。

刚到家门口,熊磊就听见母亲在号啕大哭,边哭边念叨着自己苦命的儿子,年纪轻轻就客死异乡。听得熊磊鼻子酸酸的,扔下行李就将母亲紧紧地抱住,泪水止不住地往下流。自小与母亲相依为命,自己就是母亲的生命。可如今自己出息了,成了部门经理,因为工作忙,陪母亲的时间却很少。出门在外,还让母亲为自己担心,这让熊磊很愧疚。

面对突然降临的儿子,老太太悲喜交加,用粗糙的手一遍遍地抚摸着儿子的脸庞喃喃自语:“回来就好! 回来就好!”说着就蹒跚着去厨房张罗饭菜去了,一点都不像一个老年痴呆病患者。这让熊磊很欣慰,无论母亲有多糊涂,对儿子的爱永远是真诚的,无私的。

熊磊也是个孝子，知道母亲喜欢川剧，出差路上大多的时间就用来学唱川剧，回到家换上戏服总要给母亲来一段。那一招一式，像模像样的表演常逗得母亲开怀大笑。只有在这时候母亲才是最幸福的，母亲的笑才是最美的。

一个外商要来公司洽谈一个合作项目。公司老总说："这可是一条大鱼呢！咱得好好把握。我是不便亲自出面的，熊磊你来负责此事。"

熊磊知道此次谈判对公司来说意味着什么，公司的发展壮大全靠这次谈判了。熊磊早早起来收拾停当准备出门。母亲见儿子要走，以为儿子又要出差，也提了个包袱跟了出来。任熊磊怎样哄，母亲就是要跟去，那可怜巴巴的样子刺得熊磊的心生疼。熊磊最后只好带着母亲去了公司。

外商来了，是个外籍华人，带着翻译、秘书、随从一行人来到了公司。

助手将他们领到了会议室，等待着公司代表入场。时间一点点地过去了，公司代表都落座了，可主角熊磊却迟迟未到。助手的心里直发毛，这可是天大的事，也不知道部门经理为什么事耽搁了，电话也没人接。

眼看着外商的脸越来越难看，助手只得出来寻熊磊。刚走到熊磊办公室门口，就听见经理那咿咿呀呀的川剧唱腔从屋里传来。好你个熊磊，外面火烧曹营了，你还在这整得有劲。助手生气地推开门，里面的一幕让他惊呆了。

只见自己的部门经理穿着一身不伦不类的戏服，伸出兰花指，正有模有样地表演着他的拿手好戏《中国公主杜兰朵》。而一个老太太坐在一旁，随着声调的抑扬顿挫轻轻地拍着手掌，不时也接上几句,脸上洋溢着满足的微笑。助手被这温情的场面感染了,全忘了自己来干嘛的。

外商怒气冲冲地离开的时候,也被这声音吸引了过来。他站在助手的身后,也被这场面感动了。看见老太太的笑脸,他仿佛看到了自己的母亲,一股温情在他的心里慢慢地荡漾开去。许久许久,当熊磊意识到自己还有更重要的事要办时,一切都已经晚了。助手却紧张起来,不住地看那外商。那外商一把抓住熊磊的手,轻声地问:“你为什么对你的母亲这么好?”

熊磊一边用手梳理着母亲的白发,一边说:“今天的事对不起,是我的错,我不想看见母亲失望的表情,所以想唱段戏安抚她一下,结果就把正事给忘了。对不起,是我搞砸了,明天我就辞职。”

外商眼里饱含泪水,他握住熊磊的手说:“不,是你给我上了很好的一课,你能做到这样,让我很感动。长久以来,我一直对自己的母亲心怀愧疚。父亲走得早,是母亲辛辛苦苦把我养大成人。可为了自己的事业,我都不知道自己有多久没见着自己的母亲了。谢谢你,我知道该怎么做了。明天咱们就签合同,然后我要回家看母亲!”

鱼玄机

这是长安城外一座低矮阴暗的院落，鱼幼微偶一抬头，就看到一个面貌奇丑的男子站在倾斜的栅栏外，往自己这边张望。

来人看见鱼幼微诧异的表情，忙解释说，自己是温庭筠，想来看看长安才子们口中时常赞誉的女诗童，究竟有何过人之处。

温庭筠，普普通通的三个字，却如雷般让鱼幼微心惊。她没想到，这位京城赫赫有名的大诗人，竟会在这个平常的午后亲临寒舍。让她更没想到的是，自己以后的人生会因为这次邂逅，而变得放荡不羁。

凭一个诗人的敏锐直觉，温庭筠觉得：面前这个小女孩虽年幼，但眉宇间皆是灵气。如果能好生栽培，此女将会成为长安城中一个举足轻重的人物。

温庭筠想考考面前这个小女孩，他向四周看了看，只见院外的池塘边，垂柳依依，杨花飞舞，于是提笔写下"江边柳"，让鱼幼微即兴赋诗一首。鱼幼微扑闪着对大眼睛，略一沉吟，挥笔写下"翠色连荒岸，烟姿入远楼。影铺秋水面，花落钓人头。根老藏鱼窟，枝低系客舟。萧萧风雨夜，惊梦复添愁。"温庭筠一看，此女子果然了得，当即就收下了这位女弟子。

从此，在与这位大诗人的一唱一和中，鱼幼微的诗词突飞猛进，很得长安才子们的追捧。然而，已是情窦初开的鱼幼微，早已

把一颗春心系在了师父的身上。只是,温庭筠虽然也喜欢自己的徒弟,但一想到这有悖伦理,加之年龄相差悬殊,自己又奇丑无比,配不上徒弟姣好的容貌,只得将对鱼幼微的感情埋藏在心里。

一天,师徒两人相偕到城南风景秀丽的崇祯观中游览,偶遇一群新科进士在观壁上作诗,看他们春风满面,意气风发。鱼幼微坐不住了,央求师父答应让自己也去试试。温庭筠听了,说,这些都是新科进士,你哪是他们的对手……他嘴上这么说,其实心里早已默许了。

鱼幼微哪管这些,却见她挥笔向墙,顷刻功夫,观壁上一首七绝气势雄浑,势吞山河,观者顿觉飒然风起,立即引来一片喝彩声。有一白衣公子,生得端正健壮,不甘示弱,也想赋诗一首,却怎么也接不上鱼幼微这首诗,最后不得不甘拜下风。众人不禁对面前这个清丽脱俗、才华横溢的女子刮目相看。

以后的日子,这个叫李亿的白衣公子,总是找各种借口去拜望温庭筠,借此拉拢与鱼幼微的距离。一来二去,温庭筠已猜出了李亿的心思,面前的这个李亿风流倜傥,才华横溢,又是名门之后,要是鱼幼微跟了他,也了却了自己的一桩心事。于是就撮合二人结为秦晋之好,然后远走他乡。

却不料,李亿家有恶妻,对这个风华绝代的女诗人百般排斥,即使时常遭到李妻的毒打,鱼幼微也不愿放弃心中那点固执的幻想,她只希望夫人在出了心中的恶气之后,能接纳自己。然而,事与愿违,李亿终究敌不过骄横的妻子,一纸休书将幼微送到了咸宜观。

透过窗户,朵朵雪花纷纷扬扬,幼微终于明白:爱情,就像空中瞬间即化的白雪,美丽、纯洁,但短暂、脆弱。此时的鱼幼微已不再是那个聪慧、美丽的鱼幼微了，她是玄机，咸宜观一个卖笑的道姑鱼玄机。

“易求无价宝，难寻有情郎”已等不到李亿的鱼玄机心灰意冷，她在咸宜观的门外贴上一张写有“鱼玄机诗文候教”的字条，身着道袍，手执拂尘，静候着长安才子们的光临。渐渐地，咸宜观成了长安城公子哥作诗的地方。

在放纵和狂傲之中，鱼幼微那些曾经美丽了许多人眼睛与心灵的诗文，渐渐地少了。望向镜中渐枯的青丝，鱼玄机有了一些恐慌，她想重新找回自己，捡起心情，却再也写不出那些清丽脱俗、纯洁自然的文字了，再也写不出细腻如风的心情。

多年以后，鱼玄机已从一个天才少女沦落为了杀人犯，站在行刑的队伍里，她没有见到一个熟悉的男人。一股悲凉从脚底升起，瞬间遍布全身，她又想起了初次见到温庭筠那个遥远的下午。

秋　阳

德旺提了把明晃晃的弯刀正要出门，老伴追过来，夺下他手里的刀，嚷着，你就不能消停点？都七老八十的人了，还逞什么强啊？家里有天然气，谁还欠你那点柴啊？

德旺有些不服气，心里说，是不欠，可你没见那气表跟鬼撵了似的，呼呼地跑得飞快，那可是钱哩！他没理会老伴，硬邦邦地甩过一句话，你少管！就黑着脸出门了。

村口废弃的墙根前，二黑爹、柱子爸还有几个老人并排坐在那儿晒太阳，摆龙门阵，一面土墙被他们磨得亮光光的。每个人的神情都像快要落山的太阳样慵懒、松散、苍老，村人们称他们是在那“暖墙根”。

看见德旺过来，二黑爹忙将屁股挪挪，招呼他过来坐会儿，晒晒太阳，唠唠嗑，很舒服的。

德旺摆摆手，说要去把山上的黄荆条砍了，不然冬天一到，一场雪下来，那些上好的柴就会没了。

那些人听了，咯咯地笑，指着面前一栋栋漂亮的小洋楼，说，你看看，谁家还有烟囱啊，就你们家还烟熏火燎的，也不怕污染环境，省个啥呀？你家儿子是大老板，也不缺那几个钱哩，何苦呢！七十几的人了，还挣什么钱啊！

德旺讪讪地笑着，赶紧走了，他可不想在这儿浪费时间。这些人是好了疮疤忘了疼，以前为了几根细小的黄荆条就会争得你死我活的，现在那么粗的黄荆条摆在那里，都懒得去弄，这人真是不知好歹！

但是，谁也没料到德旺砍个柴也会出事，差点连命都搭进去了。

晌午的时候，老伴做好了饭，等得灰扑扑的太阳犯了蔫，也不见德旺回来。老伴这下慌神了，赶忙去了山上，在黄荆丛里找到了已是奄奄一息的德旺。德旺的身下，一大摊的血凝固成触目惊心的黑，让人骇得慌。

德旺老伴吓得双腿直哆嗦，张开的嘴，喊不出声音，只有一团白白的雾从嘴里喷出来，过了好半天才缓过劲来。

人们七手八脚地把德旺老汉送到了医院，在医院里好一番折腾,总算把命给捡回来了。医生说,是刀砍在脚踝上,拖的时间长了,流血过多休克了,再晚点送来这人就没命了。

大伙儿都松了一口气,二黑爹感叹,这人老了,不服输还真是不行啊!稍不留意,哪天阎王爷就找来了。德旺啊,等你好起来了,也来和我们暖墙根,给孩子们省点事吧。二黑爹擦擦眼角,去拉德旺的手。

德旺的儿子风尘仆仆赶回来的时候,德旺已经能下地活动了,只是缝合的伤口还没拆线。看见儿子,德旺的脸上堆成一朵菊花,儿子却拿眼愤愤地剜他,那神情仿佛与他有多深的仇似的。德旺老伴不明白儿子怎么这样看着他父亲,他拉拉儿子的衣袖,说,你爹这次可遭大罪了,差点就见不着了。

德旺儿子气呼呼地说,那也是他自找的,放着好好的日子不过,偏要去瞎折腾,这不明摆着给自己儿子脸上难堪吗?说来说去也都是咱这当儿子的不是了,连个老爹都养不起了,你让儿子的脸面往哪儿搁?

德旺儿子说着,拿出一沓钱,“啪”的一声就摔在了德旺的面前,说,赶明儿出了院,你也去暖墙根,让儿子脸上也光彩光彩。二黑爹、柱子爸他们比你都还小,啥活也不干,每天没事就去暖墙根,不就显摆他家儿子能耐、孝顺吗?老人就该有个老人的样儿!

秋天快过去的时候,村口的墙根前多了位老人,老人雕塑般坐在那儿一动不动,他的心里还惦记着撂荒的地和山上那些无人拾掇的柴火。秋阳懒懒地将他的背影拉得老长,身后的墙上,斑斑驳驳地刻下他落寞的神情。

义举

杨大姐的彩票站位于学苑街的一个角落里，站点不大，但周边有几所高校，来买彩票的有很多是学院里的学生，因此生意也很不错。这些天之骄子，怀揣着一个发财梦，时不时地来杨大姐的彩票站光顾一下，花上一二十块钱，买上几张彩票碰碰运气。

这天中午，天气很热，杨大姐坐在店里，百无聊赖地玩着手机。这时，有两个女孩撑着遮阳伞，在对面的冰淇淋店一人买了一个冰淇淋，说说笑笑地来到杨大姐的店里。看到来生意了，杨大姐赶忙招呼两个女孩坐下，向她们介绍着店里的彩票种类。

红衣女孩拿出五十元钱给杨大姐，想让杨大姐机选几注。同来的女孩忙拦住她说："机选的概率很低，不容易中奖的。要不买几张十元的刮刮奖试试，前天有个同学来买这个就中了500元。"

红衣女孩同意了，就选了五张十元的刮刮奖，女孩从挎包里拿出一枚硬币，小心翼翼地刮起来。第一张没中，第二张也没中，就在刮第三张的时候，红衣女孩一下就跳了起来，喊："中了！中了！中了个300元。"同来的女孩赶忙递过第四张，红衣女孩又嚷起来，又是一个100元。刮第五张的时候，两个女孩同时跳了起来，又中了个3000元。看来今天这两个女孩是走红运了，杨大姐拿过彩票，算了一下，一共是3400元。兑过钱之后，两个女孩喜滋滋地走了。

晚上的时候，杨大姐接到彩票中心打来的电话，彩票中心的工作人员说：“杨大姐，你的那几张中奖彩票金额核对不上，你明天来一趟彩票中心吧。”

杨大姐很纳闷，说：“不可能啊，我仔细核对过了，没有错的。”

一夜无眠，一大早，杨大姐就赶到了彩票中心，工作人员拿出那三张彩票对她说：“你看，这一张是30万，这一张是10万，这一张是300元，合计是四十万零三百块。”

杨大姐一下就明白了，原来是这两个粗心的丫头太兴奋了，后面没刮完，自己只顾着高兴，也跟着糊涂了。

彩票中心封存了那三张彩票，让杨大姐回去找找买彩票的人。杨大姐回到家里，愁眉苦脸地对老公说：“这叫我去哪儿找那两个妹子啊？”

老公乐了：“这么简单的事还愁什么啊？你就说是我买的不就得了，咱们去把奖金领了，意外之财啊！”

杨大姐说：“咱卖彩票，赚的就是一个诚信，这种歪门邪道我干不出来。”

此后几天，每到放学的时候，杨大姐就去几所高校的大门口守着，目不转睛地盯着这些学生。功夫不负有心人，就在杨大姐快失望的时候，两个女孩捧着书本说说笑笑地从杨大姐身边走过。杨大姐激动地一把拉住其中的一个人女孩说：“走，跟我走！”女孩也认出了杨大姐，但不知道发生了什么事，不肯跟杨大姐走，杨大姐将事情的来龙去脉说了一遍，两个女孩惊得目瞪口呆。

为宣传杨大姐的义举，彩票中心决定举行一个小型的领奖仪式。仪式上，一个戴着口罩的女孩走上讲台，说："拿着这笔奖金，我不知道该说什么，谢谢彩票中心的所有工作人员，谢谢杨大姐。这笔奖金我领走了3400元，剩下的将以我和杨大姐的名义捐给地震灾区的小朋友们，让诚信之花洗去孩子们心中的阴霾，让他们快乐健康地成长！"台下响起了经久不息的掌声！

城里有妖怪

扎西的家紧挨着一条公路。

公路上每天都有好几趟开往城市的班车，扬起一路风尘从他家门前经过。

扎西从小就恨透了那些打此路过的班车。它们带走了他的母亲，随后又永远地带走了他的父亲。父亲是坐着班车去寻找离家出走的母亲的，回来时就躺在了那个小小的盒子里。

现在娟子也要走了。就在昨天，娟子揉着红红的眼睛对他说，她也要离开村庄去城里了。扎西的心一下就坠入了冰谷，他想不到连自己最心爱的人也要离开了。看着娟子那一头自然卷曲的短发，一双美丽的大眼睛，扎西的心里空落落的。

这一晚，听着窗外呼呼的风声，扎西的心情糟糕透了，他也想随着娟子进城打工，可是年迈的奶奶不答应。从小奶奶就对他说："城里有妖怪，它要了人的心，要了人的命。"

雪花纷纷扬扬地飘了一夜，扎西趴在结满冰花的窗户上琢磨着心事。此时，他看到了娟子踏着厚厚的积雪走出了村庄，向公路那边走去。他想喊，可喉咙像堵住了似的怎么也喊不出来，只得眼睁睁地看着娟子从自己的视线里消失。

奶奶死后，扎西也坐上了去城里的班车，他要去找好几年都没了音信的娟子。汽车出了村庄，七弯八拐地开了大半天的工夫，扎西就看见了林立的高楼。此时，扎西的心里有着一种莫名的兴奋，娟子就生活在这城里，自己的母亲或许也在这儿。

晚上的城市比白天还热闹，到处灯火通明。扎西睁大眼睛看着这个花花绿绿的世界，不禁感慨，这城里真跟天堂一样！难怪那么多的人要往城里钻。

扎西漫无目的地在街上逛，他看见街道两旁是一家接一家的发廊，发廊里进进出出的人让扎西有些纳闷，怎么会有那么多的人剪头发呢？扎西隔着发廊的玻璃窗好奇地往里瞧，他看见里面的女人像妖怪，眼皮是绿的，脸白得像僵尸，嘴唇像喝了人血，猩红猩红的。

这时一个妖艳的女人朝他走来，打开门说：“兄弟，进来看吧！”

扎西红了脸说：“我不剪头发。”

有几个女孩放肆地嘲笑他：“我们这儿提供特殊服务，不理发！哈哈……”

扎西被那女人拉进了屋，那几个女孩围上来哥哥长哥哥短地叫得他晕乎乎的。扎西想逃，可他被几个女孩推搡着，逃不了，他急得想哭，正无助之时，里屋走出一个穿低胸连衣裙的女孩。扎西感觉女孩很眼熟，情不自禁叫了声“娟子”。那女孩呆愣了片

刻,忽然一把抱住了扎西:“你是扎西,是扎西吧,你怎么到城里来了?”

娟子将扎西带到了自己的出租屋,对他说:“城里不是你待的地方,你这么老实的人在城里会吃亏的,你还是回去吧!”

扎西不愿意,他要娟子同他一起回去。娟子不同意,她说:“我不会再回去种地了,我要过城里人的生活,这才是我想要的生活。”

第二天,扎西坐上了回乡下的班车。看着这个陌生的城市,他终于明白了奶奶为什么会说城里有魔鬼,会要了人的心,要了人的命。看来娟子的心也被魔鬼吞噬了。

两年后,娟子回到了村庄。回来后的娟子每天痴痴傻傻地追着一辆又一辆的开往城里的班车,不住地叫喊着:带我去城里,带我去城里!

看着疯疯癫癫的娟子,扎西心里就会有一种疼痛的感觉,不是那种尖锐的东西刺伤身体的疼,是那种心疼了眼睛就会酸楚的痛。

扎西一边给娟子擦脸,一边说:“城里有魔鬼,它会要了人的心,要了人的命!”

二憨的爱情

早上，二憨挑着蜂窝煤走到小镇街口的时候，陈大妈正蹲在门口喝稀饭。看见二憨颤悠悠地过来，赶忙向他招手：“憨子，过来帮大妈提几桶水，大妈要洗被子。”

孙嫂嫂从自家门里探出头来骂道：“呸！几十岁的人了，就知道欺负一个傻子，缺不缺德哦！”孙嫂嫂说这话是有根据的，她不止一次地看到陈大妈使唤二憨，连一袋垃圾也要二憨帮她带去丢。二憨在这镇上的人缘极好，见谁都要帮一下，可孙嫂嫂就是看不惯陈大妈对二憨呼来唤去的，又不是自己的儿子，凭什么？

二憨放下担子，用漆黑的手抹了一下脸，望着陈大妈痴笑。陈大妈看着二憨的大花脸不禁哈哈大笑：“二憨啊，二憨，咋搞成个大花脸了？今天你就帮大妈提几桶水吧，赶明儿大妈给你说个俊俏媳妇。”

二憨边找桶边说：“俺不要俊俏媳妇，俺只要花花做俺媳妇！”

花花是个哑巴，一条腿还短了一截，走路一跛一跛的，但在二憨的心里，花花就是他的天使。因为在这镇上只有花花不会说自己是傻子。

花花的爸爸早几年就死了，花花妈在镇上的食堂做临时工，平时就花花一个人在家。每天做完事，花花就会坐在家门口一针

一线地织毛衣。

每次从花花的门前经过，二憨总要停下来，将扁担放在两个箩筐之间，然后坐在扁担上盯着正织毛衣的花花傻笑，有时也会帮花花家干点男人的力气活。花花看二憨的眼神有些特别，这让二憨感到很温暖。

镇上的人都知道二憨喜欢花花。可花花娘不喜欢二憨，她要将女儿许给镇长的侏儒儿子，虽是个矮子，但比起挑蜂窝煤卖的二憨可强多了。花花嫁给了镇长的儿子，自己的临时工作也就不会丢了。

但花花娘的如意算盘打错了，花花怀孕了。

最先发现这事的是孙嫂嫂，那天孙嫂嫂买菜从花花家门口经过，看见花花正倚在门栏上捂着胸不停地干呕。她就过去想关心一下，可花花却一个劲儿地向她摆手，并躲到屋里去了。

路上，孙嫂嫂看见二憨挑着蜂窝煤过来，就把他叫住了："憨子，过来，嫂嫂问你个事儿，这花花是怎么呢？吐得那么厉害，是不是你小子把她怎么着了？"

二憨放下担子说："我不晓得她咋啦？这阵就是不理我，看见我就回屋躲起来了。那天我还听见她在哭呢！"

"二憨，跟孙嫂嫂说实话，你是不是把她那个了？要真是那样孙嫂嫂给你做主，让花花做你媳妇。"孙嫂嫂说。

二憨不晓得那个了是什么意思，他只晓得孙嫂嫂要做主让花花做自己媳妇，忙点头应道："是，是那个了。"

花花怀孕的事儿，全镇的人都知道了。花花娘更是气得捶胸顿足，二憨啊，二憨，你不是个东西，花花一辈子就让你给毁了。

街上几个小混混拦住了二憨逗着他闹："憨子，你能耐啊，居然敢睡镇长儿子的老婆,你胆子不小啊!”

这下可不得了了,从没发过脾气的二憨疯了般抡起扁担就向那般人砸去,并七大姑八大姨地骂了个昏天黑地。小混混们哪见过二憨这模样,心知不好赶紧溜了。

花花宁死也不嫁二憨,这出乎所有人的意料。

任人们怎么开导,花花一直低垂着头不断地抽泣。一提到嫁给二憨,花花的反应更是激烈,又是哭又是闹,寻死觅活的。花花娘没辙了,呼天喊地地大骂二憨混蛋,欺负一个哑巴。

二憨不明白花花为什么不愿嫁给自己,他很想找花花问个明白,可又不知道从何问起。正走着,陈大妈慌慌张张地跑来,连鞋都跑丢了:“不好了,快,快去河边,花花跳河了……”陈大妈的话还没说完,二憨撒腿就往西河坝跑去。

二憨救起了花花,自己却死了,临死前二憨只说了一句:“我没睡花花。”

花花伏在二憨的身上哭得死去活来,孙嫂嫂抹着泪抽泣:“这造的什么孽啊?花花,起来吧。这孩子到底是谁的呢?”

花花猛然站起来,从孙嫂嫂篮子里拿过一把菜刀,直奔镇长家去。

断翅的天鹅

阿东曾是一名优秀的杂技演员。一场意外,让他坐上了轮椅。

一想到今后的日子要与轮椅为伴,阿东就很烦躁。烦躁时的阿东时常对着照顾自己的母亲大喊大叫。

有时候,阿东也很为自己的行为不齿。但每次看到母亲在自己面前小心翼翼的样子,就控制不了地要发脾气。

阿东不喜欢待在家里,就独自摇了轮椅去离家近的公园。

公园里有很多人围着湖一圈一圈地跑步。看着那些人气喘吁吁地折磨自己,阿东很是不屑,心说,一群笨蛋!吃跑了撑的,瞎折腾!

阿东选了个无人的角落,将轮椅固定好,痴痴地看着湖面。那儿有几只漂亮的黑天鹅在自由地嬉戏,它们时而展翅高飞,时而钻入水中,这让阿东很羡慕,有个健全的身体还真是幸福!

渐渐地,阿东就看出了端倪,在这几只黑天鹅中,有一只天鹅居然没有翅膀,光光的脊背上空落落的。那只天鹅总是远远地躲在一边,一双眼睛无神地盯着它的同伴。有两只黑天鹅呼唤着想接近它,但还没靠近,它就惊慌失措地躲开了。

阿东不禁皱了下眉,狠狠地瞪着那两只黑天鹅,骂道,真是可笑!欺负弱者也算本事啊!

阿东不知道该如何帮那只折翅的黑天鹅,正踌躇间,饲养员阿姨“噜噜”地唤了两声，那只黑天鹅仿佛遇见了救星一般，飞快地游到了饲养员阿姨的面前。

那位阿姨爱怜地抱起黑天鹅，抚摸着它长长的脖颈，轻声地说：“别怕，他们是你的爸爸妈妈，它们只想关心你，爱护你。”

阿姨告诉阿东，那只折翅的黑天鹅刚出生时，就被一只野猫叼走了。它的父母拼尽了力气，才从野猫的口中将它抢回来，小天鹅的翅膀也在争夺中被折断了。从此小天鹅就离开了自己的父母，寄养到了阿姨的家中。

长大后的黑天鹅不可能再在阿姨的家中生活了，它需要回到属于它的世界，于是它被带到了它的父母身边。看着失散的孩子回来了，天鹅父母很高兴，每天寸步不离地跟着它。小天鹅不会飞，它的父母也就再也没有飞过，每天就那样不远不近地守护着它，只要其他的天鹅欺负它，天鹅父母就会挺身而出。但是所有的这一切，小天鹅并不领情。

“它也应该很难过的。”阿姨轻声说，“作为一只天鹅，不能飞翔应该是最大的遗憾了。”

阿东沉默了半天，看着自己空荡荡的裤管，不知道该说什么。

饲养员阿姨似乎没注意到阿东的窘相，自顾地说着：“天鹅父母根本不在乎它会不会飞，是不是健全的，它们只知道，是自己的孩子就不会放弃。”

阿东的心猛地颤抖了一下。

回到家，阿东对母亲说：“妈，能帮我个忙吗？”

“说吧，你需要什么？”阿东母亲小心翼翼地问。

阿东顿了顿，然后抬起头对母亲说：“我想去读书！”

阿东母亲吃惊地看着他，好半天才回过神来，连忙答道：“好，好！明天妈就去给你办。”

在母亲转过身的瞬间,阿东看见了母亲眼里闪出的泪花。

多年以后,阿东拿着“优秀律师”的荣誉证书给他母亲的时候,阿东笑着问:“妈妈,从我坐上轮椅的那一刻起,你想过放弃我吗?”

阿东母亲眼含热泪,抚摸那几个烫金大字,坚定地摇了摇头。

守不住的荣耀

吃了早饭,老刘坐在自家屋檐下,看着对面拔地而起的高楼,心里堵得慌。一座破旧的牌坊,横亘在高楼和自家的土屋之间。

弟弟从高楼里的一个窗户,伸出脑壳,喊:“大哥！别忘了今天要到社区去。”

老刘这才想起,昨天社区的小李来过,让他到社区去一趟。不用问,老刘就知道又是为拆迁的事儿。按说,自家的土屋早已千疮百孔,能拆是件好事。老刘也巴不得能像弟弟一家那样,住上宽敞明亮的新房。

可拆了老屋,那座老牌坊势必保不住,这让老刘无法接受。牌坊虽然破旧,那也是刘家的荣耀,老刘也搞不清楚是祖上哪代人中了进士,就立了这块“进士坊”,风风雨雨几百年了,让刘家人着实风光了好几个世纪。

老刘从小在这条古街上长大,他见过驮盐的马帮从牌坊下浩浩荡荡走过的情景;也见过釜溪河涨大水,自家的老屋在洪水中,瞬间化为乌有,而自己和弟弟骑在牌坊顶,幸免于难。那时,河水贴着脚背汹涌而过的场景，让老刘至今记忆犹新。可如今，旧城改造，要拆了老房子，拆了牌坊，老刘舍得老房子，但舍不得这座牌坊，于是和拆迁办的人较上了劲。

老刘站起身，把手背在身后，围着牌坊转了一圈，然后就朝社区走去。老刘边走边琢磨昨天晚上的那个电视节目。

电视上说的是哪个地方，老刘一下子记不起来，他只晓得电视上拿话筒的女孩，站在很多牌坊中间，说的也是牌坊要拆迁的事儿，很多人都反对。这时一个专家站出来说："这个牌坊群是目前中国唯一保存最完好的牌坊群，沉淀和蕴含了华夏文明的精髓，不管是从历史、美学、力学，还是文化、建筑等等方面都具有极高的研究价值和观赏价值。"老刘直了眼，盯着电视，想看看政府最后是如何处置这些牌坊的。电视上没说，但专家说，如果真的阻碍了城市建设，可以考虑集体搬迁，这让老刘茅塞顿开。

对的，这是文物，文物是不能随便处置的。有了这个想法之后，老刘忍不住"扑哧"笑出了声，随即赶忙闭了嘴，因为旁边一个女人正奇怪地看着自己。

老刘找到社区的小李，说："我那牌坊是文物，文物是要保护的，你们不能随便拆了。"

小李听了，笑道："是不是文物，不是哪个说了算的，要有专家的认证。况且，你说那个牌坊是你家的，你有什么证据呢？"

老刘愣了一下说："这个牌坊在我家门前，都立了几百年了，咋就不是我家的了呢？要证据，那上面的刘姓几个大字就是证据。"

小李说："老同志，干什么都要讲道理嘛，你家的房子有产权证，该怎么赔就得怎么赔。可那牌坊，无凭无据，怎能说是你的就是你的呢？因为这，阻碍了城市发展进程，你是要负责的。"

老刘气得鬼火冒，不理小李，转身走了。他沿着滨江路，一直朝城外走去，他要给自家的牌坊找个合适的去处，既然城里待不下去，那就将它搬到城外去；既然你们不保护，那就我自己来保护。

城外比城里还热闹，到处都是轰隆隆的推土机。老刘一下傻了眼，昔日绿油油的田野，被挖得七零八落，处处都是裸露的山石。老刘拉过一位正忙碌的小伙子问："这是要修什么呢？"

小伙子擦擦脸上的汗，说："修房子！盖高楼！"

老刘看看远处已盖好的高楼，自言自语："这城市到底要扩多大才罢休啊？"

好不容易，老刘找到一处清净的竹林，看看这儿离城市已经好远了。老刘找到一户人家，说明了来意，那家人连连摇手说："不行的，我们这儿也列入了拆迁的范围了，过不了多久，我们这儿也得搬了。"

老刘失望地往回走，还没到家，远远就看到一群人在牌坊那儿做什么，近了，老刘发现他们竟然在拆牌坊。老刘的脑子"嗡"地一下蒙了，他冲上去问："你们在干什么？"

其中一人将他拉开，对他说："你走远些，不要影响我们工作。"

老刘绝望地坐在地上，看着他们一锤一锤地敲打着已剩一半的牌坊，每敲一下，老刘的心就撕扯一下。恍惚间，老刘竟看到一股股凶猛的洪水向自己奔涌而来。

再救你一次

英子真想停下来歇一歇，哪怕喘口气也行，但她不能。她知道只有翻过了横亘在面前的这道山梁，自己才能逃脱那个老光棍的魔爪。

正是夕阳西下的时候，英子沿着一条羊肠小道，急匆匆地往山梁上走去。在这一片死寂里，英子只听到耳边呼呼的风声和自己的心跳。

英子屏住呼吸，侧耳听了听，似乎听到了嘈杂的人声。那声音越来越近，慌乱中，英子忙抽身躲进了山湾处一户人家的柴垛里。

一阵急促的狗叫声将英子吓得魂飞魄散。一位老太太从屋里出来，循着狗叫声，她发现了躲在柴垛里瑟瑟发抖的英子。英子含着眼泪，哀求道："奶奶，救救我……"

老太太认出了这是二柱家新买来的媳妇。她愣了一下，一看四周没人，突然一把拉住英子，将她拉到屋里，然后锁上门去了后山。

天黑的时候，老太太回来了，她给英子端来一碗热气腾腾的面，并从床头的柜子里拿出一个布包，打开包着的布，老太太将一大把零碎的钱塞给英子说："我就这么多钱了，你拿着路上用，趁天黑，你赶紧走吧！"

英子双膝跪在老太太面前："奶奶，谢谢你，我一定会还

你的。”

有了老太太给的钱做路费，英子顺利地逃出了火坑。但是无论走到哪儿，她都忘不了那位白发苍苍的老人。她总想找机会去看看那个老奶奶，然后把钱还上。

英子是在黄昏的时候，再次来到了老太太的房前。眼前的景象让她大吃一惊，院里长满了一人多高的蒿草，东屋的墙也塌了一半，似乎很久都没人居住过了。

难道老奶奶已不在人世了，英子推开虚掩的门，一股恶臭迎面扑来，她轻声叫道：“奶奶，奶奶……”

过了很久，里屋传出很微弱的声音：“谁呀……”

“是我啊，那年是你给了我钱让我逃走的，还记得吗？我来还你的钱了。”英子来到老奶奶的床前，哽咽着拿出一沓钱放在旁边的柜子上。

老人认出了英子，一股怒气陡然升起，使出浑身的力气吼道：“你还来干什么？要不是因为你，我也不会落到今天这个下场……”

“奶奶，你这是怎么啦？”英子掀开被子，看见老太太身上长满了褥疮，有的已经化脓。英子打来一盆水，一点一点地给老人擦洗身上的脓血。

老人看着这个为自己忙碌的女子，不禁想起了那个噩梦般的早晨。二柱气势汹汹地闯到她家，又打又砸，自己上前阻挡，却被他推倒在地，造成一条腿骨折，因无钱医治，只能在床上躺着了。儿子嫌自己多管闲事，得罪了邻居，对自己不管不问。

“哎，要是再遇到这样的事，我是再也不敢管了。”老人叹了口气自言自语。

天黑的时候，二柱带着几个人来到了老太太的家里，一把抓住英子的手恶狠狠地说道：“老子找了你那么久，你还自己跑回来了,现在看你往哪跑?”

英子一边挣扎,一边大喊:“放开我,救命啊……”

“放开你,老子花那么多钱容易吗?要不是那老太太儿子报信,老子还不知道上哪儿找你去呢。哈哈……”二柱说完,扛起英子就走。

英子又回到那个让她饱受凌辱的地方。二柱得意看着她:“你就安心地跟我过日子,要是再跑我挑断你的脚筋,看你怎么跑。”

英子惊恐地看着眼前这个男人,说:“你别过来,过来我就一头撞死在你面前。”

二柱悠闲地点上一支烟:“我不过来,咱就这样耗着,看谁耗得过谁。”

两人就这样对峙着,时间一分一秒地过去,英子感到特别的疲倦,但她强撑着。她知道,只要自己一迷糊,那男人就会饿狼般向自己扑来。

天蒙蒙亮的时候,一阵急促的踹门声将两人吓了一跳,还没明白过来怎么回事儿,几个警察就闯了进来,不由分说就将二柱铐了。

二柱惊恐地问:“你们铐我干什么?我又没犯法!”

“有人报警说你昨晚把一位老太太打成了重伤,跟我们走一趟吧。”民警拉住二柱就往外走。

英子跳过来拉住一位民警的胳膊说:“警察同志,救救我,我是被他拐来的。”

民警乐了:“怎么会有这么巧的事?那你也跟我们走一趟吧。”

民警将他们带到了老太太的家里,屋里围满了人。一位邻居说:“我早上听到老人的呼救,跑过来就看见她浑身是血,吓死人了。老人说有人把她打伤了,央求我报警。”

英子趴在老奶奶身上不停地哭泣。老人看见英子,居然笑了,颤抖着嘴唇想说什么。英子忙将耳朵贴过去,“闺女,你……你是好人,这么多年了,只有你还记得我,给我擦身子,伤是我自己撞的,我只想再救你一次。”

永远的康乃馨

鲁西大学毕业时,正赶上全球金融危机,找工作就成了难事。万般无奈,只得去一家装卸公司做了一名搬运工。

晚上,躺在臭烘烘的工棚里,浑身的骨头像散了架,可他怎么也睡不着。母亲又来电话了,无论如何也要到城里来看他,可自己这个样子让母亲看到不是会更担心吗?更何况自己还骗母亲说是在一家大公司坐办公室。从小与母亲相依为命,其间的苦谁能知道。唉!鲁西长叹一声,翻过身,留下一串辛酸泪。

鲁西的母亲是在下午到达这座城市的。一下火车,她就傻了眼,到处都是高楼,到处都是马路,她不知道该往哪儿走。偏偏在这个时候,胃一阵阵地绞痛,她知道留给自己的时间不多了,为了儿子顺利地完成学业,一直对儿子瞒着自己的病情并坚持到现在。如今儿子已毕业,有了一份不错的工作,再最后看一眼儿子也就没有任何牵挂了。

接到医院的电话,鲁西赶忙换下脏兮兮的工作服,心急火燎地赶了去。他想不到,母亲不说一声就自个儿跑来了。还没见着儿子,就在车站晕倒被人送到了医院。

鲁西小心翼翼地擦着母亲脸上的汗珠,望着瘦得不成人形的母亲,埋怨道:“你要来就该打个电话,我也好去接你呀。”

“傻儿子,你一直不让我来看你,妈就知道你工作忙,为了不耽误你工作就自己来了。”母亲摸着鲁西的头,瘦削的脸上浮起笑意。

“妈,你得了这么重的病为什么就不告诉儿子呢?呜呜……”鲁西把头埋在母亲的怀里,哭了,哭得很伤心。医生告诉他,母亲得的是胃癌,因为长期得不到治疗,早已恶化,能坚持到现在也算是个奇迹了。

一连几天鲁西都在医院陪伴母亲。

这一天,母亲再次从昏迷中醒过来,她抓住鲁西的手说:“儿子,妈还想到你上班的地方看看,能行吗?”看见儿子点头答应,母亲的眼睛一下子明亮起来,像一道闪电直刺进鲁西的心里。

鲁西去了装卸公司经理办公室,找到经理说:“经理,你的办公室能借我用一天吗?”经理望着眼前这个黑黑的小伙子,一脸的疑惑,斜眼在鲁西身上扫了几个来回:“这就怪了,工人找我借钱的多,借办公室我还是头次听说。”

鲁西就讲了自己的故事,讲了自己的母亲,说到动情处,眼泪就止不住地往下流,经理的眼里也闪现着晶亮晶亮的东西,他拿起纸巾擦了擦眼角说:“我成全你,为了一个母亲的心愿,为了你的一片孝心!”

鲁西扶着母亲走在五月的街头,火红的康乃馨映着母亲苍白的脸显得更加凄美动人。

母亲非常喜欢这间纤尘不染的宽敞办公室,茶几上一束漂亮的康乃馨散发出来的阵阵幽香充溢着整个房间。母亲在房间里来来回回走了几圈,双手抚遍了办公室里的每一个角落。最后她站在墙上的镜子前,拢了拢凌乱的头发,转过身来对儿子说:“儿子,看到你有这样的成就,妈这几年吃的苦也值了,这下我就可以安安心心地去见你爸了。”

鲁西拥着母亲,用脸蹭着母亲软软的头发喃喃地说:“妈,不要这样说,你会好的！我们都会好的!”

母亲轻轻地摇摇头:“好不了了,我的病我知道,为了等你,我才熬到了今天。”

哦,妈妈！鲁西将头更深地埋进母亲的怀里,浑身止不住地颤抖。

母亲再次醒来已是晚上,此时她的脑子特别清醒。她知道这是回光返照,过不了多久自己就会去另一个世界。她现在已没有任何牵挂了,她只想将一个隐藏了二十多年的秘密告诉儿子,这虽然很残忍,可事到如今也顾不了那么多了。

母亲拿出一封信递给鲁西,艰难地说:“儿子,妈不该……不该瞒你,拿着这封信去、去找你的亲生父母吧。”

“不,不是这样的,妈,你该不会是糊涂了吧。这,这怎么可能呢?”鲁西不相信这是真的,他不停地摇着头。

鲁西的母亲在当晚便去世了,脸上没有一丝痛苦,微笑着,而手里紧拽着一束漂亮的康乃馨。

古镇雨纷飞

杨一凡推开阁楼的小窗，窗外正下着瓢泼大雨。他看了看对面铺子里那个女孩，正安安静静地坐在门口等着生意。忍不住笑了笑，说，这小镇人的生活就是那么闲淡！

作为部门经理，自己是远没有这般悠闲自在的。每天在生意场上奔波，生活就像陀螺一样不停地在旋转，整天忙忙碌碌的。这次是来小镇开拓新市场的，可几天了，雨一直下个不停，只能待在这个小阁楼里打发寂寥无趣的时光。他很喜欢透过窗户看对面的铺子，那是一家杂货铺，铺子的主人是个大辫子的女孩。叫什么他也不知道，只是感觉这样清纯的大辫子姑娘不多见了。她的身上自然地洋溢着只有在这样的小镇里长大的人才有的纯净与安闲。

晚饭的时候，雨停了。杨一凡穿着拖鞋啪嗒啪嗒地来到了杂货铺，在铺子里转了一圈，不知道自己要买点什么。女孩放下手里的书，睁大亮晶晶的眼睛看着他，脆生生地问，大哥要买点什么？买包烟吧。话一出口，杨一凡才觉得不妥，自己并不抽烟啊！算了，买就买了吧，反正做生意也需要的。

拿了烟，杨一凡并没有离开的意思。女孩看出了杨一凡的心思，拿过一张凳子让他坐下。女孩很健谈，一会儿的工夫，杨一凡就从女孩的嘴里知道了这个小镇的一切。小镇依山傍水，旧时为川南运盐码头，乃商贾云集之地。随着盐业的衰败，昔日的古镇

历经繁华之后留给小镇人一个古朴自然,优雅宁静的天地。

第二天,两个人来到了小镇最出名的那个江边码头,青石板的台阶被江水冲刷得光光滑滑的。女孩坐在光光的青石板上一边玩着大辫子,一边看着这个城里来的年轻人,脆生生地问,你来我们这个地方做什么呢?

有些话杨一凡是不便对女孩说的。小镇是出了名的风水宝地,春天的时候,满山的桃花将小镇掩映在一片桃红柳绿中,就像一个世外桃源一样。而夏天来临的时候,那香香甜甜的水蜜桃又吸引着很多的城里人。自己的老总就是看上了这个地方,发现了它潜在的商业价值,要用来开发一个别具一格的楼盘,让那些有钱的城里人也来近距离地体会一下美丽的田园风光。他作为公司代表是特地来和这个小镇的镇长套近乎的。

可事情远没有那么简单,无论开出什么优厚的条件,那老土的镇长就是不松口。他一个劲儿地强调这是祖先留给他们的一份家底,如果卖给开发商,整个小镇的格局势必会被打破,祖祖辈辈延续了几百年的实在而平静的生活就会被现代文明所替代,那自己就是小镇的罪人了。即使自己答应了,小镇人也不会答应的,他们不想自己平静的生活被打扰。

几天来,杨一凡完全忘记了自己的使命,每天和女孩穿梭在小镇幽深的小巷子里。他一边研究着王家大院遗留下来的一百多年的雕刻,一边欣赏着青砖瓦房的明清建筑,透过雕花的窗格子,他看到了大盐商昔日的奢华生活。小镇居民的怡然自得使杨一凡的心情一天天明朗起来。渐渐地,他喜欢上了这个小镇的干净、纯洁和安静,也喜欢上了身边这个大辫子的古镇妹子。

清晨醒来的时候,窗外又下起了小雨。杨一凡感觉自己头很痛,连起床的力气也没有了。他不知道对面铺子的女孩正不停地朝这边张望。女孩的心里很甜蜜,因为昨天晚上杨一凡结结巴巴地对她说的一句话让她彻夜未眠。其实自己也是喜欢这个帅气的男生的,只是女孩子的羞涩让她满脸通红地转身跑了。

一整天了,女孩都没见到杨一凡的身影。天黑的时候,女孩慌了,难道就因为自己昨晚的一转身,男孩就那么走掉了?早早地关了店门,女孩来到了杨一凡的小阁楼。轻轻地一推,门就开了。杨一凡浑身滚烫地躺在床上,女孩摸摸他的额头,然后就惊慌地跑下了楼。

吃了女孩带来的药,杨一凡觉得轻松多了,他心慌手颤地接过女孩带来的鸡汤却不好意思喝。浓浓的鸡汤在碗里摇晃着,简陋的阁楼里顿时香气四溢。窗外的雨一阵紧似一阵下着,伴着哗哗的雨声,一股温情在他们心中蔓延……

杨一凡透过雕花的木窗,看着走在青石板路上的女孩,他猛然间做出了一个决定:回去说服老总,还小镇人一个宁静自由的天地!

雪的下面是春天

一场雪,纷纷扬扬,将本已有些绿意的大地包裹得严严实实。136 号盐井,也笼罩在一片白色苍茫之中。

大伟站在井前的空地上,长长地伸了个懒腰,抱怨道,这鬼天气,明明都已是春天了,怎么又下雪?

得了,忍着点吧,山里的气候就这样!林师傅递过来一个工

具箱，望望远处的雪地，你还是去巡管吧，这气温一升一降的，很容易爆管。我去泵房看看。

大伟极不情愿地挎上工具箱，磨磨蹭蹭地向着管道走去。管道上，已覆盖了一层厚厚的雪，如白色巨蟒，匍匐在天地间。说实话，大伟并不喜欢这儿，自己一名牌大学毕业生，竟被管人事的那个小老头大笔一挥，就到了这鸟不拉屎的蛮荒之地。要不是母亲的坚持，自己或许早已离开这里了。

生活在这里的人，犹如与世隔绝一般，常会被这漫长的孤独弄得神情恍惚。于是，喝酒、打牌、讲荤笑话，成了他们消磨时光的最好方式。大伟总感到，自己与这里的一切格格不入。

大伟踩着积雪，咯吱咯吱，雪地上，一串脚印，歪歪扭扭。阵阵彻骨的寒意，直往领子里钻，大伟紧了紧衣服，缩着脖子，顺着输卤管道往前走。忽然，一串零乱的脚印，挡在了他面前。脚印很小，亲亲密密，从山崖这边，往小树林的方向蜿蜒而去。看样子，是什么小动物留下的，而且还不止一只。大伟想看看，究竟是什么动物，大雪天会来光顾这连鸟儿都不愿飞过的地方。

大伟沿着那串脚印，一直到了那片小树林。雪后的树林，静谧安然，一丝风都没有。大伟放轻脚步，生怕惊落了那些歇在树上的积雪。忽然，一阵沙沙声，从不远处传来，大伟忙躲在一棵树后，伸长了脖子，循声望去。却见一只野兔，狠命地刨着地上的积雪，旁边是几只小野兔，蔫蔫地盯着那只野兔。不一会儿，它就刨出了巴掌大的地方，嫩嫩的青草钻了出来。小野兔们凑上去，贪婪地啃着那些青草，而那只野兔又换了个地方，继续刨。大伟明白了，这是一群饥饿的野兔，兔妈妈带着她的宝宝出来觅食。

大伟弯下腰，将地上的积雪一点点地刨拢，一片绿绿的青草就在大伟的脚下不断延伸。大伟的出现，惊吓了正吃草的野兔，它们一下就跑开了，却又舍不得那一丛嫩草，就那么远远地看着。

你在干什么？一个声音忽然从背后传来。

大伟伸直腰，回头便看到自己的母亲，正奇怪地看着自己，手里还拿着一件羽绒服。

妈，你怎么来了？这山高路远的，又下了雪，路多不好走！大伟跑过去，接过羽绒服。

今早起来，看下雪了，上次回家，你把冬装全带回来了，妈怕你冷着，就又给你送来了。孩子，你刚才在那干什么？母亲边说边给大伟套上羽绒服。

那些野兔饿坏了，我帮它们把雪刨开。你猜，刨开这些积雪，我看到了什么？大伟说。

母亲看了看那一片被雪压弯了青草，笑了，是青草吧？

大伟摇摇头，兴奋地说，不是，我看到春天，我看到了雪的下面藏着春天！

母亲愣了一下，继而又不住地点头，嗯，是春天！孩子，你能看到春天，妈妈就知道，有些事，你一定是想明白了。

大伟沉默了。母亲又继续说，有件事，你别怪妈。单位把你分到这艰苦的地方来，是妈的主意，在你去单位报到的前几天，妈去找过你们单位的领导。

大伟看着自己的母亲，有些不相信，哪个当妈的不希望自己的孩子有个好工作、好前途？你怎么会这样毁我的人生呢？

母亲看着有些急的大伟说，你别急，妈这也是为你好。从小你都是最优秀的，只是你的优秀，已经冲昏了你的头脑，你已经变得不可一世了。人生不可能总是一帆风顺的，妈是怕你以后经不起一点风浪，遇事爱钻牛角尖，这样会害了你一生的。

沉默良久，大伟抱住了自己的母亲说，妈，你这样做，或许是对的。尽管对我来说，太残忍了点。但我知道，雪是藏不住春天的！

几只野兔，吃饱了，在草地上欢快地打滚。大伟看着它们，诸多心事，已经荡然无存。

继　父

那年，我十四岁，正是青春叛逆的年龄。

夏天的时候，母亲带回来一个男人，并对我说："这是你继父，以后就住我们家了，你们好好相处。"

我白了一眼眼前这个戴大眼镜、胡子拉碴的男人，对他说："我不管你是谁，要想在我们家住，门都没有，你还是哪来的回哪吧，免得以后大家难堪。"说完冷冷地哼一声，回到自己屋里，嘭的一声就把门关上了。

那个男人并没有因为我的强烈反对而退缩，相反，竟将自己所有的东西都搬来了。

我不喜欢这个男人，确切地说，是不喜欢他来占据了父亲的位置。我没有办法阻止母亲的婚姻，我能改变的只有我自己。

今年的夏天比往年都要热，据说已升到历史最高温，因为某种原因，我的房间里一直没有风扇，每天晚上我都热得无法入睡，拿个蒲扇扑哧扑哧地扇。

那个男人实在看不过，就给我买了台小风扇。明知道自己不能吹风扇，还是忍不住打开了，一阵久违了的清风从我的脸上滑过，漫过我的全身，继而在酷热的房间里飘散开来，我的心在清凉的世界中，如花儿一样一点一点地绽放，不一会儿就酣然入梦。

我是在一阵剧烈的疼痛中醒来的，醒来时，风扇还在呼呼地转着。我捂住头痛苦地呻吟着，母亲进来看见我这副模样，又看了看那台风扇，顿时就明白了是怎么回事。

母亲将我搂在怀里，轻轻地抚着我的额头，并对那个男人说："这孩子从小就不能长时间吹风扇的，吹久了头就要痛，所以我们一直没给他买。"

"唉，都怪我，我看家里就一台风扇，孩子热得受不了，就去给他买了台回来，我真不晓得孩子不能吹风。"那个男人很委屈地说。

我挣脱母亲的怀抱，冲那人吼道："你是猫哭耗子——假慈悲，你就是想让我生病，就是想让我离开这个家，就是想鸠占鹊巢！"

面对我的抢白，那个男人的脸红一阵白一阵，看着他生气而不敢发作的模样，我心里别提有多得意了。

这件事之后，我依然禁不住风扇的诱惑，每天晚上都告诫自己，只吹一小会儿，睡前就关掉。可是那缕缕清风总是不知不觉地把我催入梦中，直到第二天醒来，风扇还在不知疲倦地转着。

然而，令我感到奇怪的是，虽然吹了一夜的风，但我的头却不痛了。这真是一个奇迹，困扰我多年的顽疾竟不治而愈。这个夏天，是我长这么大过得最为凉爽的一个夏天，每天晚上，我会在清凉的风中沉沉地入睡，不会再经受头痛病的折磨了。

一天早上，"啪嗒"一声碎响将我从睡梦中惊醒，我睁眼一看，那个男人正拿着抹布不知所措地看着地上摔碎的相框。我"腾"地从床上一跃而起，揪住他的领子质问："你为什么要摔碎

我父亲的相框，你什么意思！”

那男人涨红了脸说：“我真是不小心的，真的，请相信我。”

“你还想狡辩，你安的什么心我会不知道？在这个家里，你始终代替不了我爸的……”我气愤地骂出了最难听的话。

母亲听见我的叫骂声，冲进来就给我一个耳光，说：“你这个没良心的东西！你叔叔知道你不能长时间吹风，每天晚上，等你熟睡了之后，都要起来给你关风扇，然后隔一段时间再给你打开，一晚上就这么来来回回地折腾，你的头倒是不痛了，可你叔叔整个夏天就没睡过一个安稳觉！你还想怎样！”

我摸着火辣辣的脸，泪水无声地滑落下来，心底的防线竟在一点点地坍塌。原来，爱，只是一阵风的距离！

雪山魂

我老了，和我一同老去的还有我的主人——一个枯瘦干瘪的老太太！

谁说你只是一台风扇呢！？老太太常抚摸着我轻轻地说。目光里，映出的是一幅温暖的剪影。更多的时候，我们就这样对望着，将心底的思念静默成一条河流，潺潺地从岁月深处流过。

那个夏天来得有些早，还不到六月，岛上已是热浪滚滚。主人已经忙了几天了，为即将远赴西藏工作的丈夫老李收拾行李。她不知道那是个什么地方，只知道，那儿很穷很苦，那儿需要丈夫这样的医生！

临行前，主人将我装在一个盒子里，让老李把我带去西藏。老李又将我塞给主人说："还是留着吧，家里就这一台风扇，你们更需要！那个地方听说终年积雪，不会很热的。"

"不行！不行！你那只是听说，哪儿会有热天不热的。况且，这还是我们岱山产的，去了那儿，看着风扇，好歹也有个念想。"主人又将我塞回给了老李。

拗不过妻子，老李只好把我带去了雪域高原。

在高原的日子，我很孤单。老李总有忙不完的事，每天天不亮，老李就背着他的医药箱，戴着那顶旧毡帽出门巡诊了，直到夜色降临，才拖着疲惫的身子回来。一整天，小屋里就剩我孤零零地望着天空发呆，西藏的天空很蓝，蓝得没有一丝云彩，让我总感到空落落的。这时，我就会怀念在家乡的日子，大热的天里，主人一家围着我有说有笑，多热闹！

我在雪山一待就是两年。两年的时光里，老李总是早出晚归，很少有机会使用我，以至于我的身上积满了厚厚的灰尘。

终于有一天，我欢快地转了起来。老李从雪山深处带回两个孤儿，他们是一对兄弟，哥哥叫曲丹，弟弟叫曲维。老李看见他们时，哥哥正拿着发霉的糌粑，往饿得直哭的弟弟嘴里塞，看着两个可怜的孩子，老李的眼眶湿润了，于是就把他们带回了家。

两个小家伙的到来，让寂静的小屋顷刻间热闹了起来。两个孩子对于我，充满了好奇，他们不知道我是干什么用的，围着我指指点点。老李找来一块抹布，细心地把我擦得干干净净的，然后按了一下旋钮，我就呼呼地转起来了。

"好凉快！好凉快！"两个小家伙高兴地蹦了起来。有了两个孩子的相伴，从此，我不再寂寞。

兄弟俩都很懂事。虽然两兄弟都不会做饭，但是每天晚上，他们都要笨手笨脚地准备好简单的晚餐,然后一起坐在窗前,一边看窗外黑漆漆的夜空,一边等着老李回来吃饭。

这一晚,夜已深了,老李还没有回来。弟弟不住地问哥哥:“爷爷去哪儿呢?怎么还不回来?我饿!”

哥哥拍拍弟弟的脑袋:“等等吧,爷爷就快回来了!”

是啊,都这么晚了,老李怎么还不回来呢?看着趴在桌上熟睡的兄弟俩,我也在想。

天亮了,我们没有等回老李,倒是有两个人把曲丹兄弟俩带走了。小屋又恢复了寂静,谁也没有告诉我到底发生了什么事。

一周之后,我看见了我的主人,她憔悴了很多,苍老了很多。没想到才几年的时间,岁月就把她摧残成了一位满脸皱纹的老妪。

主人环顾了一下小屋,把目光落在了我身上。她把我紧紧地抱在怀中,一行清泪掉在我了身上,冰凉冰凉的。她轻轻摩挲着我,细细低语:“老李!老李!我带你回家!”

最终,主人将老李留在了雪域高原。在老李的陵墓前,围满了藏族同胞,哭声环绕的雪山,在阳光下闪耀着银色的光泽。主人将一把纸钱撒向了空中,喃喃自语:“去吧,去吧,我知道雪山的人民离不开你,你离不开雪山!”

主人带着我又回到了浙江那个小岛。老旧的宅院里,我吱吱呀呀地转着,我的疲惫没逃过主人的眼睛,她爱怜地拍拍我说:“你可得撑着点儿啊,老头子!你从雪山吹来的风,我还没享受够呢!”

冬日暖阳

冬天的风凛冽地刮着，将树上的枯枝吹得“啪啪”作响。

英子全身蜷缩在厚厚的军大衣里，看见有人从面前经过，就探出脑袋非常弱势地喊道：“擦皮鞋——”那声音幽微而有些凄凉，冷不丁将人吓一大跳。

英子患有小儿麻痹症，双腿毫无规则地蜷曲着。遇到有人擦皮鞋，她就从轮椅上的军大衣里钻出来，跳到面前的蒲团上，瘫坐着为客人擦鞋。

英子一家靠有限的低保生活，因为母亲常年卧病在床，英子和父亲不得不早出晚归挣点钱来贴补家用。

每天早上，英子都会摇着轮椅晃晃悠悠地跟在父亲的三轮车后去摆摊。父亲为英子安排好一切之后，就去拉客了。英子则要在这待到天黑，等父亲收工后接自己回家。

英子的生意一向很好，过路的人不管想不想擦，只要听到她的喊声就会不由自主地坐下来让她擦。英子也有些固定客户，都是周围的熟人，他们要擦皮鞋都来找英子。

但并不是每个人都是那么好心的。

这天，天气格外地寒冷，路上几乎没有行人，守了一上午，总算有四个小青年打英子面前走过。当英子微弱的“擦皮鞋——”的声音从大衣里传出来，在这清冷的街道上，让人有些脊背发凉的感觉。

其中一个小青年问:擦一双皮鞋多少钱?

英子答:两元。

到处都是一元,你怎么要两元?不行!就一元。小青年不待英子申辩就将脚伸到了英子面前,并得意地向其他几个人笑笑。

英子熟练地从轮椅上跳下来,稳稳地坐在蒲团上,一双小手在寒风中冻得通红。

擦完了,四双皮鞋一共四块钱。英子伸出手让他们拿钱。

四个年轻人或许觉得欺负一个毫无反抗能力的人是打发无聊时光的最好方式,他们并没有要拿钱的意思。一会儿说没擦干净,要重擦,一会儿又说没带钱,下次给。

英子哭了,你们放过我吧!我今天还一分钱都没挣到,我妈已经断药了!

不远处,一个卖烤红薯的老大爷看不过去了。他过来揪住一个青年怒斥道:你们这帮小兔崽子把钱拿了滚远点!

几个年轻人看来了帮手,扔下五元钱赶紧溜了。老人捡起钱对英子说:小姑娘,别怕!这些兔崽子都是欺软怕硬的家伙,不敢把你怎么样的。

之后,老人就将自己烤红薯的炉子移到了英子面前,英子想说什么,但终究没说出来,眼泪禁不住地滴滴答答掉下来。

英子不会再冷了,也能吃上热乎乎的饭菜了,炉子的温度让她觉得暖融融的。老人每天只卖上午半天,收工后,总要在炉子里加上足够燃烧一下午的炭,然后才离开。

英子红着眼说:爷爷,你不用加的,天空又没下雪,我不冷的!

老人就笑着说:傻闺女,不冷才怪,这烧不了多少钱的。

之后的时间里,老人上午卖红薯,下午总要提两三双鞋来让英子擦。英子边擦边问:爷爷,你哪来这么多鞋来擦哦。

老人说:这有的是家里人的,有的是邻居的,他们都很忙,反正我闲着没事,就帮他们拿出来擦擦。

英子有时候不收老人的钱,老人就生气了说:这钱又不是我掏的,你不要,别人还以为是我贪了呢!

日子就在平静与祥和中缓缓流过。可是就在这需要温暖的季节里,英子一连好多天都没看见老爷爷了。她开始为老人担心起来,爷爷是不是病了呢?

英子决定去爷爷的家看看。她摇着轮椅一路打听到了老人居住的胡同,一位大妈对她说:你是找卖烤红薯那个大爷吧,前些天老头已经死了。造孽哦,一个孤老头什么时候死的也没人知道。

英子很震惊,她央求大妈带她去看看老人的家。在老人居住过的家里,英子看见墙上挂着的黑白照片上那张熟悉的脸,她一下子哭了。旁边的大妈说:多好的人哪,生前总是热心地帮左邻右舍擦皮鞋,从不收一分钱,这么好的人怎么说走就走了呢?

大妈的话如炸雷样在英子心中回响。泪光中,英子看见大爷正朝自己微笑。英子说,爷爷,这个冬天虽不下雪,但没了你,我会觉得很冷的。

盗亦有道

山娃是十里八村有名的风水先生。别看他年纪轻轻,道行却极为高深。一只祖传的罗盘,一袭青布长衫,一双深邃的小眼睛,

总给人一种高深莫测之感。

因而十里八村谁家要修房造屋，婚丧嫁娶，即使要价很高，大家也愿意请他去看地算日子。

这天一大早，山娃拿了罗盘，穿了长衫正准备出门，村主任来了。村主任问：山娃子，你这是去哪儿呢？

山娃整了整衣裳说，去给村头的德贵叔选宅基地。

村主任忙拦住他说，德贵家那么穷，他给得起你那个价钱吗？

德贵是全村最穷的人家，几间土房早已破败不堪。现在德贵家要修房造屋，即使不要钱，山娃也得去！德叔对他有恩。想当年，自己父母意外双亡，在自己走投无路的情况下，是德叔变卖了家里值钱的东西才安葬了自己的父母，这一点恩德山娃是一辈子也忘不了的。

山娃看了村主任一眼说，凡事都有自己的道，很多事不是钱能衡量的。山娃说着就往外走。

村主任忙拉住他，你别去！先去帮我选块墓地，我老娘快不行了，钱不成问题。

山娃说，你娘不是还没死吗？山娃甩脱了村主任的手，就出了门。

看着山娃远去的背影，村主任愤愤地骂道，走着瞧，我倒要看看到底是谁的道行高！

山娃花了整整一天的时间，转遍了村里的角角落落，终于为德贵家选了块全村最好的风水宝地。

德贵站在这块宅基地上，脸笑成了一朵花。他拍拍山娃的肩膀说，娃子，今晚去叔家，咱俩好好喝两杯！顺便帮叔写个宅基地的申请书。

山娃很爽快地答应了，两人一前一后地走进德贵家的院子，德贵忙招呼老伴去杀鸡，自己则去找纸笔。很快申请书写好了，山娃念给德贵听，德贵猛喝一口酒说，就这样，明天我去找村主任盖章。

第二天，德贵揣着申请书去了村主任家，还没进院门，村主任家的狗就“汪汪”地叫开了。德贵不敢进门，就趴在墙角往里瞧，屋里明明有人怎么听见狗叫不出来看看呢？德贵想不通，自己亲眼看到村里好几个人进去过，咋就没听见狗叫呢？

德贵把这件事向山娃说了，山娃说，村主任家的狗比谁都精，你这样两手空空地去，它当然要咬你了！

德贵若有所思地折回家，拿出家里准备盖房的两瓶酒，再一次去了村主任家。这次狗很安静，只轻轻地叫了一声就去一旁睡觉了。进了村主任的家门，村主任正躺在沙发上看电视，看见德贵进来，他也只是微微地欠了欠身，并没有让座的意思。

德贵拿出申请书说，村主任，麻烦你给盖个章，我明天拿到乡里去批。

村主任拿过德贵的申请书看了看说，你回家等着吧，这事过几天再说。他说完继续看电视再也不理德贵了。

德贵手足无措地站在那里，见村主任不理他，只得怏怏地走了。

三天后，村主任的老娘死了。村主任找到德贵说，你那宅基地另外找地方吧，先把我老娘安顿好了再说。死者为大，活人得为死人腾地方。

德贵老大不愿意，就去找山娃。山娃说，让给他吧，胳膊拗不过大腿，我倒要看看当官的道行究竟有多深。

德贵心里痛恨，但没法。村里的公章在村主任那里，谁也不能强迫他盖。

山娃找到村主任说，这是块好地，俗话说“入山寻水口，登穴看明堂”，这地要建阴宅，还需在阴宅前面挖个大水塘，形成后山有靠，左右青龙有护，前有明堂聚水的格局。只是这样造价很高。

村主任一挥手，只要能助我升迁发财，钱不是问题！随即找来工匠，为母亲修建了一座墓穴，其豪华的程度不亚于村主任家的三层小洋楼。村民们惊叹之余，不免纳闷，村主任家的钱咋就用不完呢？

一个月后，村主任被带走了，有人举报村主任贪污受贿。后经查证，村主任贪污土地征用款、农业提留款等多项款项，并收受包工头贿赂，且数额巨大。最后村主任被判刑5年。

村主任进去了，村民们纷纷向山娃竖起大拇指，山娃子，你的道行是越来越高了！

山娃眯缝着对小眼睛说，不是我道行高，古往今来，盗亦有道，君子爱财取之有道。他村主任违背了这个道，进去了也是罪有应得。

慰　问

我承认，是因为我的疏忽，把一场好端端的慰问活动给搞砸了。

其实，这也不能全怪我。那天，临下班的时候，乡秘书小陈给我打电话，大致说快过节了，明天县领导要来慰问贫困群众，要我在本村确定一个特别贫困的村民。这在我们村可是头一次，一定要让领导们不虚此行。因此放下电话，我一下就想到了李四奶奶的家。本该好好地去安排一下，看看天色已晚，也就只好作罢。

李四奶奶一个人居住在本村最偏远的山沟里，去那儿要走一个多小时的田埂路，因此平时没有特别的事没人会去那儿。奶奶唯一的儿子在外打工，前些年还会寄些钱到村委会让我们转交给他老娘，最近两年却是杳无音信。每次去那小山沟，李四奶奶总要拉着我的手一个劲儿地问："闺女，我儿子来信了吗？"

第二天，我早早地来到村委会，等待着上级领导的光临。九点钟的时候，两辆小车停在了村委会大门口，从车上下来一群人，后面还跟着个扛摄像机的。看到这么多的领导，特别是那台"呜呜"转动的摄像机，我心里也很紧张，好在这些人当中我还认识乡长和秘书小陈。

去李四奶奶那儿的路是一条连着一条的田埂，车是进不去的。大家只得提着慰问品徒步前进。可能是这个闭塞的小山村从没见过这场面，总有村民好奇地远远跟着我们。兴许是这些领导们从来没走过这样的路，现在手里又负重，不一会儿的工夫个个都走得气喘吁吁、大汗淋漓的。

到李四奶奶家的时候，李四奶奶正在院里拾掇柴火。看见我们，李四奶奶并没有我们预想的那样高兴、激动。相反，就在我们跨进院里的瞬间，奶奶手里的柴火"啪"的一声就掉在了地上，人也软软地倒下了。

面对突然的变故，所有的人都傻了。大家手忙脚乱地将老人弄到床上，又是掐人中，又是人工呼吸，好一会儿老人才缓缓地睁开眼睛。看到我们，老人又"呜呜"地哭开了。

我拉着李四奶奶的手，安慰道，奶奶，别哭了，这是我们县里的领导，他们都很关心你，来看望你了。

谁知我话音刚落,老人哭得更伤心了。大家都弄不明白这老太太怎么了?好端端地哭个啥呢?遇见这事应该高兴才对呀!

正在大家手足无措的时候,老太太说话了,你们告诉我,我儿子究竟怎么样了?

你儿子?我们不知道哇。你儿子不是在外打工吗?我们都迷糊了,不知老人何出此言。

正在我们狐疑之际,有村民就说了,你们这一大帮人又是米,又是油,还有那兄弟肩上扛的那玩意儿,无缘无故地到他们家,不把人吓死才怪。

为什么呢?我吃惊地看着这位村民。

还问为什么?你们不想想,平时连个人影也见不着的小山沟,突然间来了一大群当官的提着这么多东西来看望,这辈子能逮着这样的机会,恐怕也只有家里人死在外面了。不要说李四奶奶,就连我们也以为是她儿子死在外面了呢?所以就跟来了。

在我们的再三保证确实不知道老人儿子的情况之下,李四奶奶终于平静了下来。看着这四面透风的泥墙和眼前这位风烛残年的老人,我们的心却不平静了。

千年胡杨

起风了,漫漫黄沙在云层中飘荡着,遮了阳光,吞了村庄,恶魔般一路前行时,却被挡在了胡杨林的边缘。

吴小军待在胡杨林里已经很久了,他摸着干枯的胡杨树遒劲的枝干,一连几个小时专心致志地想着一个关于死的问题。活着不易,死就更难了,就拿这棵胡杨树来说吧,死了一千年了,都还不愿倒下,它在等什么呢?

吴小军不知道自己还能干什么了。现在父亲走了,自己又没有了双腿,未来的路靠什么去走呢?书是不能再念了,一个人连死的心都有了,书念来还有什么用呢?

外面的风沙停了,胡杨林里静悄悄的。吴小军摇着轮椅向胡杨林深处走去,落叶在轮椅的碾压下痛苦地呻吟,一声一声让他的心隐隐作痛。

吴小军感觉身后好像有一个人一直跟着自己。好几次,他猛一回头看,却什么都没有。吴小军不甘地问,谁呀?出来!鬼鬼祟祟地干什么?打劫呀?没有人回答他,身后空荡荡的,根本就没有人。吴小军继续往前走,他知道,穿过这片胡杨林是一条小河,他想,那儿或许就是自己的归宿。

"啪"的一声,身后有重物落地的声音。吴小军回头一看,却见自己的母亲摔倒在地上。他赶紧摇着轮椅来到母亲身旁,想要扶起母亲,可又够不着。他懊恼地向母亲吼道,谁让你来的?!我都成废人了,你还跟着我干吗?

母亲爬起来拍了拍身上的落叶,向儿子扬了扬手里的柴刀,我来这林子里砍点柴回去,晚上给你做好吃的,早点回家啊。说完急急地转身走了,留给吴小军一个慌乱的背影。

回到家时,天快黑了,吴小军看见母亲在小院里心神不宁地走来走去,母亲的神态有些惶惑和不安。

他喊了声,妈!我回来了。

母亲赶忙过来拍拍他身上的尘土,说,出去活动活动也好,记着以后早点回家吃饭。她很理解儿子此时的心境,不愿多说什

么。她知道，儿子需要的是时间，只是不知道这个时间需要多久。

母亲往儿子碗里夹了块红烧肉，温和地说：军儿啊，等过段时间，咱们拿到了赔偿款，妈就带你去城里，给你安装一副假肢，到时你又可以站起来了。

吴小军愣了愣说，不是说肇事车主跑了吗？你去哪儿拿钱呢？

母亲故作轻松地说，你爹的命，还有你的腿，这么大的罪孽，他能跑到哪儿去？公安不是白吃干饭的，儿子，放心吧，有妈在，你什么都不用怕。

吴小军羞愧地低下头。他为自己在胡杨林里的荒唐想法而惭愧，自己的痛苦在母亲那里是要加倍的，母亲比自己更难，只是不说而已，想到这儿，吴小军不禁泪如雨下。

第二天，吴小军对他的母亲说，妈，我想去学校。

吴小军的母亲先是一愣，随即脸上绽开了一朵花。她赶忙拿出吴小军的书包递给他，军儿，去吧，再晚了，功课就跟不上了。妈不送你，你自己能行的。

吴小军摇着轮椅在母亲的目光中渐渐远去，快拐过那片胡杨林时，他停下了。回过头，他看见母亲还站在小院的墙角，还是送他出门时的那个姿势。此时，他看见风正从胡杨林里穿过，一滴滴红褐色的液体顺着干枯的胡杨树不停地往下淌。

学校还是老模样，对于他的到来，同学们并没有过分地惊讶和热情，这让他很安心。中午的时候，小胖对他说，撞你的那个肇事者被抓了，可他家里穷得很，你把他全家卖了都拿不出一分钱。

吴小军很诧异，母亲明明说过不了几天就能拿到赔偿款的，有了钱自己就可以安装假肢了，就不用坐轮椅了。良久，吴小军对小胖说，这件事千万别让我母亲知道，我不想让她伤心。

吴小军的母亲在他上课的时候，去了小军班主任的办公室。

她对老师说，老师，有件事得拜托你，撞小军那人拿不出钱这件事千万别让小军知道，我不想让他失望，让他还有个念想。

吴小军放学回家的时候，母亲站在胡杨林边等他，她爱怜地摸摸儿子的头，眼睛有点湿，末了，她指着那片胡杨林说，儿子，你看那些胡杨树，生下来一千年都不死，死了一千年都不倒，倒了一千年都不朽，多坚强啊！

二叔的故事

二叔平时作恶多端，很遭人厌，死时却极为风光。

二叔是村里出了名的游荡公子，人称“二赖子”。整日在村子里四处游荡，尽干些偷鸡摸狗的龌龊事，是一个人见人恨却又无可奈何之人。

其实二叔也是极其可怜的。奶奶生他的时候，因为产后大出血，扔下嗷嗷待哺的二叔就撒手人寰。从此，二叔就成了个有娘生没娘教的人。

没人管的二叔成天伙同村中顽童，每日里就盯着别人家的鸡窝不放。看见鸡下蛋了就掏回家煮来吃。那年月，农村的日子不太好过，家家户户都是靠鸡下蛋来换点油盐之类的东西。

丢了鸡蛋的人家就找到爷爷，要求给个说法。二叔就免不了被爷爷“修理”一顿。摸着被打疼的屁股，二叔眼里喷出一团火，对着告状之人的背影吐出一句：“你给老子记着！”

此后，村里就不太平了，经常有村民的鸡鸭被偷，满村的人皆传言:"人家'二赖子'说了,谁敢再去告状,他就要上房揭瓦……"

村里人就诅咒二叔总有一天要去坐班房,吃劳改饭。

二叔混到十八岁,没去坐班房,而是随着第一波打工浪潮去广东做了名打工仔。

村子里少有的宁静。人们都长长地吐出一口气,希望二叔永远都别回来了。

可是事与愿违,很多年之后,二叔又回来了。

回到家的二叔成天窝在家里,大门不出二门不迈。这让村里人更紧张,猜测他白天养精蓄锐,晚上出来偷鸡摸狗。大家只得更加看紧了自家的院门。

重滩河涨水那天,二叔还在酣睡。百年未遇的洪水,涌过河堤向村庄压来。整个村庄陷入一片混乱之中。

二叔是在村人的哀号中醒来的。当他惊慌失措地跳下床时,水已漫过了膝盖,他赶紧抓起枕边的黑皮包跑了出去。

汹涌的河水像脱缰的野马四处冲撞。跑得快的村民都聚集在村子的最高处,跑得慢的就只有爬上自家的房顶。看着越涨越高的洪水,房顶上的人只得大声呼救。

老村支书看了看眼前这些人,不禁摇头叹气。年轻人都外出打工了,家里就剩些老人、妇女和小孩,要救人连个壮劳力都找不出。最后老村支书将目光落到了二叔的身上,然后很威严地说:"现在我们成立一个临时救人小组,'二赖子'任组长,大家一切听他指挥!"

二叔抱紧黑皮包扫了一眼呼救的人们,说了声:"我硬是闯了鬼啰!"然后将黑皮包递给一个老大娘,"你好生给我看着这个包,其他的人跟我来!"

唯一的救援工具就只有一个大圆桶,大家也顾不了那么多了,救人要紧!在一栋楼房的楼顶,一个小男孩哭喊着叫“妈妈”,人群中就有个女人哭喊着要跳到水里去。二叔狠狠瞪了女人一眼,吼一声:“回来!你找死呀!”说着推起木桶就跳到了水中。二叔的水性很好,三两下就游到了孩子面前,几经努力终将孩子弄到了木桶里,然后就推着木桶往回游。孩子得救了,人群中爆发出热烈的掌声。

下一个目标是一对老年夫妇。两位老人更危险,他们被困在土坯房里,而土坯房经洪水这么一泡,随时都可能倒塌。二叔好不容易打开房门,可两位老人却互相推让,谁也不愿先出去。二叔火了:“到底走不走?还有那么多人等着去救呢!”老太太哭了:“孩子,难为你了。”

二叔不知道自己在水里泡多久了,只感觉体力越来越不行了。隐隐约约还有人在呼救,二叔强打精神游向了最后一个被救者。谁也没有想到灾难就在瞬间发生了,当一只装着小孩的木桶在水中飘荡的时候,大家却没看到推木桶的人。

人们七手八脚地将木桶捞起来,焦急地问:“叔叔呢?”

小孩说:“我坐在木桶里,叔叔在水里推,一个浪打来,叔叔就不见了。”

湍急的重滩河水在呜咽,整个村子在大水里悲哀地挣扎……

回过神来的人们忽然想起了二叔留下的黑皮包。大家打开未上锁的皮包,包里没有钱,没有存折,只有一份捐献造血干细胞的协议书和一本烫金的荣誉证书。老支书摩挲着那几个烫金大字说:“没想到,这小子还是个人物呢!”

二叔的葬礼在老村支书的主持下搞得很隆重,村里所有的小孩都披麻戴孝来为二叔送行。

他是英雄!村里所有的人都这么说。

闲人柳大山

世纪光棍节刚过去没多久,麻柳村的老光棍柳大山竟娶回来一个漂亮媳妇。这让村里的老少爷们无不笑骂:这柳光棍祖坟冒烟了,癞蛤蟆也吃上了天鹅肉。

柳大山听了,咯咯地笑,有本事你也去娶一个回来呀!

柳大山很得意,叫了几十年的"柳光棍"终于"脱光"了,村里的小孩再也不会喊"柳光棍,光溜溜,光棍柳,溜光光"了。

柳大山从出生那天起,一条腿就短了一截,这让望子成龙的父母丧气极了,连名字也懒得取。村里人看他终日无所事事,总在山上闲逛,就叫他"闲人"。只是到了上学的年纪,再不能这样叫了,爹望了望横亘在面前的山峦,叹息,这娃仔终究是走不出这大山了,就叫大山吧,柳大山这名字也硬气。

谁也没想到,自有了名,不到两年爹就死了,接着娘也没了。村里人都说"柳大山"这名字太硬,叫不得。自此,大家不再叫他柳大山,看他依然每天闲着没事,一跛一跛地在山上闲逛,又开始叫他"闲人",后又看他三十好几还是一条光棍,干脆就叫他闲人柳光棍。

浙江一对夫妇来村里承包了大片土地种西瓜,村里所有人都闲下来了。闲下来的人大部分去了外地打工,留下来的多是年老体弱者。柳光棍因为天生有残疾,只好留在村里,成了村里唯一的青壮年。

这对浙江夫妇大老远来这儿包地种西瓜,人生地不熟,需要本地一个主事的人做帮手，也就是西瓜成熟的季节看守一下瓜地，别让人来偷了去。都是乡里乡亲的，大家低头不见抬头见，这得罪人的事儿没人愿意干。

那对夫妇找到柳光棍，说，大兄弟，你反正闲着没事，喜欢到这山头转悠，就当帮我们这个忙吧，工钱我们照给。

柳光棍觉得这差事不错，既满足了自己转山的爱好，又能领工钱，真是一举两得的事，于是就答应了下来。

瓜地建了大棚，常常有小孩子抠开大棚的塑料薄膜，钻进来想偷瓜吃。柳光棍见了，也不去撵，只是大喝一声：哪家的小兔崽子？孩子们就像兔子一样忽地就钻了出去。

最麻烦的是那些大人，他们也常常来瓜地转悠，他们不偷，只是看着满地的西瓜咂吧着嘴。柳光棍见了，知道他们什么意思，就挑个大的给他们，让他们拿回去尝尝鲜。等来人喜滋滋地抱着西瓜走了，柳光棍就掏出一个小本子记上某年某月某某从瓜地拿走西瓜多少多少。到月底结算工钱的时候，就让老板从工资里扣除，老板说，算了吧，不就几个瓜，吃就吃了吧。柳光棍不同意，说，不扣我就不干了，你另外找人吧。浙江夫妇无奈，只得象征性地扣了点。

天有不测风云，浙江男人在外出联系客商的时候，回来的路上遭遇车祸，一命呜呼了。眼看着收购西瓜的车开进了村里，却没了人手，浙江女人只得擦干眼泪，去了瓜地。

柳光棍找到村里人说，你们说西瓜好不好吃？大伙齐声说好吃。他又说，大家都知道，包我们地的那个浙江男人死了，留下个弱女子守着这么大片的瓜地，现在正是需要大家帮忙的时候，咱们能帮一把就一把吧。况且诸位还没少吃人家的西瓜呢！

在大伙的帮助下，好歹把这一地的西瓜弄出去换成了钱，浙

江女人感激不尽。秋后，柳光棍看着大棚里光秃秃的，就说，花了那么多的钱，就这样荒着太可惜了，要不，种上蔬菜，好歹也能换回成本来。于是大棚里又种上了各种蔬菜。

浙江女人看上了柳光棍。柳光棍自然是欢喜，但又觉得自己不配有这么漂亮能干的媳妇。正犹豫着，村里一位老者说话了，你说那外地女人难不难。柳光棍说，一个女人独在外乡生活打拼，哪能不难呢？老者又说，就是嘛，你们结婚后好歹也有个照应，算是做了件好事。

就这样，柳光棍不仅脱了单，还有模有样地当起了蔬菜大棚的老板。当了老板的柳光棍依然不改闲逛的毛病，只是不再转山了，而是每天去各家各户的院子转一圈。临出门时，媳妇总要叮嘱，每家每户你都敲一下门，没人答应你就多个心眼，这村子里老的老小的小，万一有个啥事，没个照应不行！

柳光棍答应一声，留给女人一个蹒跚的背影。

老魏的梦

老魏的家在一个偏远的山区，老魏是揣着他的梦到城里来的。

老魏是厂里的搬运工。搬运工不属于厂里的正式员工，是装卸公司临时雇来的，流动性很大，时常换人。在所有的搬运工中，老魏是干得最久的一个。

搬运工拿的是计件工资，多劳多得。每次干活，老魏都是最积极的一个，再脏再累的活他都抢着去干，而且从不喊累，身上仿佛有使不完的劲，所以老魏的工资在所有搬运工中常常是最高的。

老魏不抽烟，不喝酒，不打牌赌博，连一瓶水都舍不得买来喝。每个月工资一发下来，除了给读高中的女儿寄点生活费外，余下的钱都存进了银行。老魏最喜欢做的事就是在休息的时候，躺在货堆上，跷着二郎腿，掏出随身携带的存折看，样子很满足。

工友们都说他傻，挣这么多的钱都不晓得对自己好一点，拿去存银行是最不明智的选择。老魏不以为然，呵呵地笑道："我只知道钱是越存越多，钱多了又不烧手，有了足够的钱就可以在城里买一套房子了，那时我们一家人都不用再住在山旮旯了，这辈子我也可以做一回城里人了。"

工友们听了咯咯地笑，都说老魏你一个乡下来的草根，还想当城里人，你是在做梦。现在的房价一天一个样，靠你老魏做搬运工挣那点钱，要想做城里人那得等到猴年马月啊？

老魏不答话了，工友们说的话不是没有道理。从农村出来的那天起，自己就有了这样一个梦，为了这个梦，老魏节衣缩食，拼命干活。眼看着这个梦快实现了，可是房价就像坐了火箭，蹭蹭地往上蹿。无论老魏怎样攒，总是差那么一小截，不过老魏坚信，这房价不可能无止境地往上涨，总有停下来的时候，奋斗几年，这个梦不是不可能实现的。

工友们又说，你这是自讨苦吃，你完全可以让你的女儿早点出来打工，女孩子，读那么多书干吗？反正现在大学生也不包分配，还不是一样出来打工。两个人挣钱，总比一个人苦撑强。

老魏连连摇头，说，使不得，使不得，自己就是吃了没文化的苦，只能出来干粗活，以后孩子待在城里，没点文化是不行的。

工友们知道老魏是一根筋，也不再说他了，吆喝着继续干活去了。

今天的活有点多，装货的车在仓库门口排起了长龙，搬运工们忙忙碌碌，不停地往车上装货，一个个累得直喘粗气，纷纷瘫在地上不想干了。只有老魏仿佛有使不完的劲，一趟一趟地往车上装货，浑身的衣服被汗水湿透，就像刚从水里捞出来的一样。

眼看着只剩最后一车了，老魏却出事了。或许是因为太过劳累，老魏扛着货物一脚踩空，从两米多高的跳板上摔下来，人当时就晕了过去。

工友们火速把老魏送到了医院，好一番折腾，人倒是醒过来了，可全身多处挫伤，右腿小腿骨折。在医院住了半个月，装卸公司给老魏付了医药费，并给了一笔赔偿，老魏便离开了医院回老家休养去了。

本以为老魏的城市梦是不可能再实现了。半年之后，我又见着了老魏，他戴着一顶破草帽，身上背了一个编织袋，跟在装卸公司那个包工头的后面，苦苦哀求包工头收留他继续当搬运工。可那个肥胖的包工头把头摇得拨浪鼓似的，就是不答应继续收留老魏。

忽然，老魏“扑通”一声跪在了包工头面前说，老板，只要你能收下我，我可以给你签订生死协议，以后出了一切事故都由我一人承担，与你们无关！

包工头长叹一声：老魏啊，你这是何苦呢？都快六十的人了，也该享享清福了，还出来折腾什么呀？

经不住老魏的软磨硬泡，包工头最后还是答应了老魏，让他留下来继续做搬运工。

后来，老魏告诉我说，他用老板赔的那笔钱加上自己的积蓄，在城里按揭了一套住房,月供都要一千多,还要搞装修,不出来挣点咋行呢?

老魏终于圆了他的城市梦,如今已经是城里人的老魏,还在当他的搬运工。老魏还有一个梦,那就是有一天,自己也能像一个真正的城里人那样,每月能按时领取养老金。

蜕 变

宽宽的湖面,茂密的芦苇,一片宁静。白天鹅卢卡带着女友婕西躲进了幽深的芦苇荡。

砰!一声枪响,刹时整个湖面搅起了阵阵水花。

卢卡醒来的时候,猎人正坐在旁边的小凳上一边吸着旱烟,一边擦着乌黑的猎枪。卢卡悲怜地叫着,挣扎着,脚却被一根绳子牢牢地拴住,几次三番下来,累得趴在地上直喘粗气,引来猎人的阵阵嘲笑。

猎人在院子里为卢卡做了一个窝棚,每天都会带着他去屋后的池塘觅食。有时还会从湖中打捞来一些自己爱吃的食物喂他,这让卢卡很感动。渐渐地,他喜欢上了这样优越的生活,整天就像随从一样跟在猎人的身后,听从猎人的使唤。

在猎人的精心饲养之下,卢卡长得越发健壮了,肥大壮硕的身躯无时无刻不在显露着他雄性的光芒。

转眼间冬去春来,宽阔的湖面上又飞来一只只美丽的白天鹅。猎人开始带着卢卡在湖面上转悠,他将卢卡放入湖中,自己则躲在岸边的灌木丛里，等待着卢卡将猎物引到自己面前。而卢卡一声召唤，就有成群结队的天鹅飞来落在湖面上，玩耍一会儿，卢卡就带着他们向岸边游去。听见猎人“噢噢”地唤两声，卢卡就迅速地钻入水中，紧接着“砰”的一声枪响，湖面上就泛起一圈圈殷红的血。

一天又一天，猎人在卢卡的帮助下，猎物越打越多。看见猎人将死去的天鹅串在一根细绳上，卢卡的心里会掠过短暂的不安。就会想起自己的父母，妹妹还有婕西，不知道他们现在在哪里？

一个清晨，卢卡像往常一样一声长鸣，一大群天鹅呼啦啦地飞来落在湖面上。就在他向岸边游去的时候，他看见了自己的父母还有妹妹也在里面。他的心猛地一抖，慌乱地扭过头。此时妹妹也看见了他：“那不是哥哥吗？哥哥！哥哥！”妹妹一边喊着，一边欢快地向他游来。一家人亲热地围着卢卡诉说着离别后的相思。

“哥哥，你让我们好找，婕西每天都要去芦苇荡中找你，她说你是在那儿不见了的。”

“哦！婕西，她还好吗？”听见婕西两字，卢卡的眼里闪过一丝光亮。

“我们还是离开这儿吧，这里很危险的，近段时间总有伙伴们在这儿丢了命。现在我们一家人终于团聚了，有什么事儿以后慢慢说吧。”父亲催促着大家赶紧离开这儿。

看着家人伸展着宽阔的羽翼在水中滑行，嗖地一下就飞上了蓝天，卢卡很是羡慕。几天来，他也想飞起来，可试了几次就是飞不起来。看见卢卡还在那儿发呆，母亲飞回来：“卢卡，快走啊！”“妈妈，我不会飞了，你们快走吧。”说完卢卡便钻到了水中……

第二天,卢卡没有像往常一样召唤天鹅们的到来,而是默默地游荡在芦苇深处,他知道婕西会来的,一定会来的。

“卢卡,卢卡,你在哪儿?”好熟悉的声音,卢卡循着声音传来的方向游去。

“哦,婕西,我在这儿!”

“卢卡,我就知道我们还会见面的!跟我走吧!”看见卢卡,婕西的眼泪就止不住地滚下来。

“婕西,对不起,你快走吧,我的思想我的灵魂已经蜕变了。那种风餐露宿的日子我再也不想过了。为了安逸的生活,我成了猎人的诱饵。我是一个沾满鲜血的刽子手,你还是快走吧!这儿很危险的!”卢卡心痛地闭上了双眼。

“不,不是的,你只是不会飞了,可你依然还是那个善良的卢卡。”婕西望着卢卡泪眼滂沱。

猎人摇了小船钻进芦苇丛中,看见卢卡正与一只美丽的天鹅难舍难分,猎人“噢噢”地叫了两声,便举起了猎枪。卢卡没有像往常一样钻进水中,而是挡在了婕西的面前。

猎人看着卢卡还未僵硬的身体骂道:“看不出你这呆鹅还是多情的种呢!老子白养你了!”

老林和他的修鞋摊

这是小城非常热闹的一条街。街口的转角处,老林和他的修鞋摊成了这条街上一道别样的风景。

打从年轻时候起，老林就在这摆摊修鞋。随着城市建设的加快，昔日的青石板路变成了宽宽的柏油路，古朴的老街也染上了都市的繁华。可不管怎样变，老林一直在那做他的修鞋匠。几十年了，也没人说他不能在那里摆摊，就这样老林成了这条街上真正的土著居民。

老林的手艺好，补的鞋既巴适又牢靠，价格也不贵，因而生意特别好。老林和他的老伴就靠着这个修鞋摊将一双儿女送进了大学，继而又送到了国外，很让人羡慕。街坊邻居见了都说，这老两口该享福，还这么挣，何苦哟！老林才不这么想，依然每天和老伴早出晚归，在“叮叮咚咚”钉鞋掌中悠闲自在地守着摊子。

可是最近老伴发现老林有点心不在焉了，常盯着一处发愣，似在想什么心事。问急了，老林就有点不耐烦，抢白几句，甩给老伴一个背影不理她了。从不遛弯的老林晚饭后也要出去走走了，老伴问他去哪里，老林的眼一瞪，管那么多干啥？闹得原本平静的生活处处充满了火药味儿。

渐渐地，老伴发现只有一个女人的到来才能收回老林那颗野了的心。隔三岔五女人就会来到老林的摊子修鞋，不说一句话，就盯着老林手里的鞋看。有时鞋子实在太破，修来也没什么价值了，老林也修。要搁在以前，老林是不会修这种鞋的，可现在老林照样拿过来，一针一线缝制得牢牢实实的。老伴就纳闷了，这个老林是咋的呢？还有这个女人哪来那么多的破鞋呢？两人莫非有什么不可告人的秘密，老林的老伴越想越觉得这事可能是真的了。

老林的老伴也多了个心眼，每天收摊后，都要清点一下一天的收入。以前这事都是老林来完成的，点完后就交给老伴了，老伴也就懒得点了。几天下来，老伴越点越气愤，生意没减，收入减了一半。好你个老林,居然拿钱去养女人!

老了老了心还不正了呢。也算老林的老伴有涵养,不吵不闹,好像事情压根就没发生过一样,只是更加密切地关注着老林的一举一动。

这天,同往常一样,老林吃罢晚饭就出门了。老林前脚刚走,老伴后脚就跟了出来。只见老林七弯八拐地钻进了一条狭窄的巷道,在一处破旧的平房前停了下来。敲了几下门,"嘎吱"一声,门开了,一个女人探出头来,满脸堆笑地将老林迎进了屋内。老林的老伴看见了那个常来修鞋的乡下女人,头"嗡"地一下就大了,接下来她也不知道该咋办了?

一路昏昏沉沉地回到家里,躺在床上,她始终想不明白,这是怎么了?几十年来和老头子守着这个鞋摊,相濡以沫,再难的日子都熬过来了,现在孩子大了,出息了,日子越来越好了,可人心咋就变了呢?

第二天老林的老伴没去鞋摊,而是去了那个女人的家,她要找那女人好好谈谈。女人见是修鞋摊的大姐,很热情地将她让到了屋内。一进屋,老林的老伴就傻眼了,一股霉味夹杂着药味向她阵阵袭来,阴暗的屋里堆满了杂物,墙角的木床上有个人在不断地呻吟。借着微弱的光,老林的老伴看清了床上的人,这不正是儿子的救命恩人吗?不禁喃喃自语:"怎么会是你呢?怎么就瘫了呢?"

女人苦涩地笑笑:"从工地的高楼上摔下来就瘫了。全靠我一个女人家拣点废品维持生活,这阵子多亏你们家老林了。"

"别说了,要不是当年你男人出手相救,我儿子也不知被洪水冲到哪儿去了。现在你们家有难,我们哪能坐视不管呢?"老林的老伴又想起了二十多年前那场惊心动魄的往事。

不久之后，人们发现老林的鞋摊多了一个女学徒，老林的老伴手把手地教一个女人修鞋。

几个月后，街上又多了一道风景，女学徒在老林鞋摊的对面又撑起了一家修鞋摊。人们就纳闷了，俗话说“同行是冤家”，一条街上咋会有两家补鞋的呢？

春暖花开的时候，人们惊讶地发现，老林和他的修鞋摊从这条街上消失了……

田野上的梦

叔回来了，我家小小的院落里挤满了邻里乡亲，大家都来看望这位在城里当大官的人。

叔说，我退居二线了，不当官了，城里待不惯，城里人太势利了，我回乡下来住，看着大家伙儿亲切呀。不当官了的叔依然是乡亲们眼里的大官，依然被乡亲们奉为上宾。

回到乡下的叔闲不住，每天都到坡上去转悠，看看这家的地又看看那家的地，总想着在地里刨出点金子来。吃饭的时候，叔说，地里的庄稼长得不赖，可那一年的收成也换不了几个钱啊。乡亲们每天守着那一亩三分地最多也只能解决温饱而已，我看还得发展经济作物大家才能致富，才能奔小康。

事情并不像叔想的那么简单，当叔叔把自己的想法给乡亲们一说，大伙儿都鼓噪开了，说什么的都有。邻居李大爷是种庄稼的老把式了，一听叔说不种粮食了，首先就嚷开了：“自古以来土地可是我们农民的命根子啊，那个什么经济作物能当饭吃吗？我的地只种粮食，不栽其他的。”

“我倒是想摘掉头上的穷帽子，可干什么都得要本钱呢！唉……”二狗哥长叹一声便不说话了。

在大家的议论声中，叔不再言语了，接过李大爷递过的叶子烟吧嗒吧嗒地抽起来。

那天夜里我听见叔在给什么人打电话，说话的口气一点儿都不容商量：“……这件事儿无论如何你们都得给我办，也算是我退下来唯一求你们办的事儿了。”

天蒙蒙亮的时候，一辆大客车停在了村口，寂静的小村霎时间热闹了起来，叔指挥着乡亲们登上了客车，从窗格子往外看，叔的身影就像一个威武十足的将军。

我看着渐渐远去的汽车问爸：“他们这是去哪儿呢？”

爸说：“你叔也真是瞎折腾，说是要带他们去参观什么基地，说那儿的人以前也很穷，现在个个富得流油。”

自大家伙参观回来之后，就像中了邪一般，天天在自家地的空隙里挖坑打窝，叔叔则在各家之间来来回回地奔波指点。戴着草帽，穿着黄胶鞋的叔一点都不像退居二线的官，倒更像一个山野村夫。

春天来临的时候，我家乡的坡坡坎坎到处都种上了一种叫“不知火”的果树。据说这是柑橘的一个新品种，个大味甘甜，而且成熟时期是在各类柑橘都没有了的时候，很有卖点。一年开花，三年结果。

不种粮食了，果树又没挂果，三年的时间要乡亲们怎么过呢？叔又寻思开了，在小苗的间隙间再种点什么，既不影响小苗的生长，又不浪费每一寸土地。一番思考之后，叔决定让乡亲们种豌

豆，这种作物生长期短，而且豌豆尖在城里可是畅销货，特别是春节前后那价格可是一高再高啊。

第一茬的豌豆尖长势喜人，乡亲们在各自的地里摘着这些让城里人最爱的绿色食品喜上眉梢。天不亮就挑到很远的集市上卖给那些专门往外贩运蔬菜的商贩。虽然辛苦，可数着手里那一张张的钞票心里乐滋滋的。都说，当官的人就是不一样，见多识广，还得感谢人家张局长啊，出钱又出力让我们致富，这么多的钱要搁在以往，我们想都不敢想啊。

乡下人就是实在，见了叔也总是恭恭敬敬地叫声张局长，要不就隔三岔五地有村民提着自家的鸡或是鸭放到我家院子里转身就走。叔常常感叹：我做了一辈子的官，结交了无数的人，经历了无数的事，只有这些纯朴的乡下人才让我感受到了人性的温暖。

如今，家乡已是蔬果飘香，绿油油的豌豆尖在阳光下更显它的苍翠，金灿灿的“不知火”挂满了枝头，惹得那些商贩争抢着来收购，大家足不出户就能挣到钱。家家修起了小洋楼，一条弯弯曲曲的水泥路一直延伸到外面的世界。

如今，叔已经是村里农业合作社的顾问，仍然每天都到地里去转悠，在那片希望的田野上继续为乡亲们编织致富的梦。